डिबिया

उदय प्रकाश

की छोटी कहानियाँ

युवान बुक्स

अनबाउंड स्क्रिप्ट का उपक्रम

डिबिया : उदय प्रकाश

प्रथम संस्करण : जनवरी, 2026

ISBN : 978-93-47125-09-6

प्रकाशक : अनबाउंड स्क्रिप्ट
2/41, अंसारी रोड,
दरियागंज, दिल्ली - 110002
वेबसाइट : www.unboundscript.com
ई-मेल : books@unboundscript.com
फ़ोन नं. : 011- 35807601

DIBIYA
Written by Uday Prakash
Illustrated by Mahesh Verma

मुद्रक : यश प्रिंटो ग्राफ़िक्स, नोएडा, उ.प्र.

मूल्य : ₹ 199 /-

डिबिया

उदय प्रकाश

की छोटी कहानियाँ

युवान बुक्स

अनुक्रम

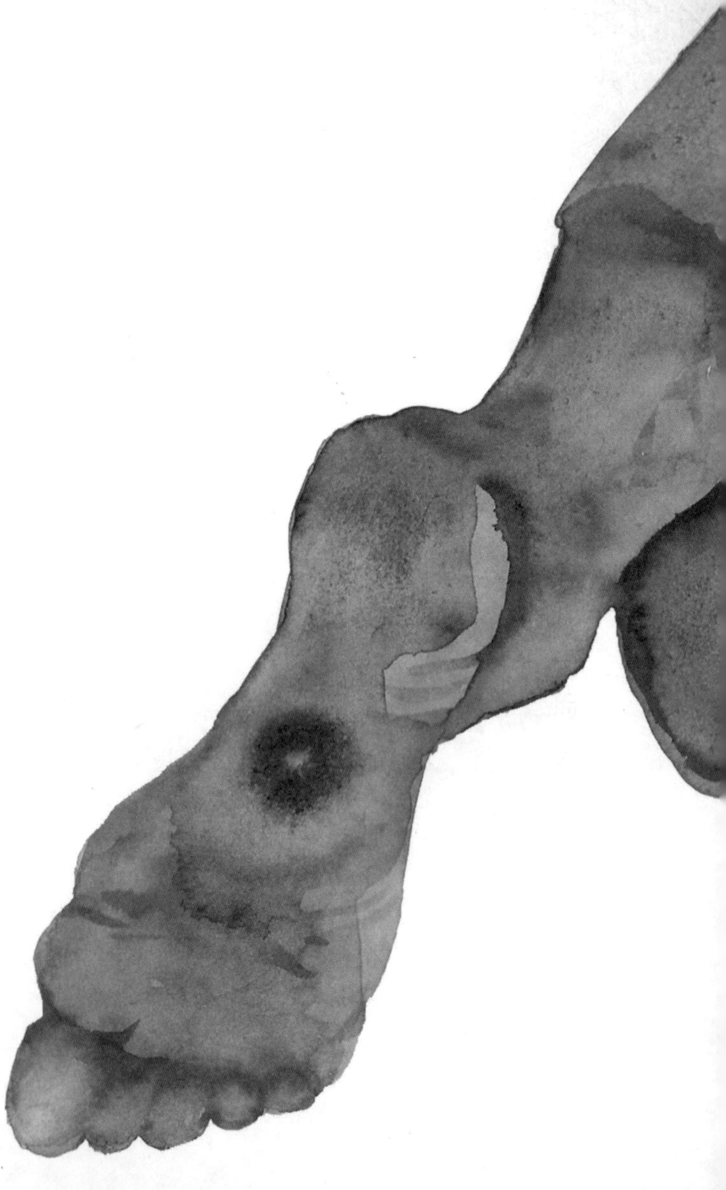

अभिनय

फ़क़ीर मोहन सेन को कौन नहीं जानता? ख़ासतौर पर जिन्होंने भारतीय अभिनय का इतिहास पढ़ा है, वे उनके नाम से अपरिचित नहीं हैं।

लेकिन उनके बारे में एक सच ऐसा है, जिसे कोई नहीं जानता। फ़क़ीर मोहन सेन के दाहिने पैर के तलवे पर एक नासूर था। यह नासूर तब से था, जब उनकी उम्र तेरह वर्ष की थी और जब उनके माता-पिता का देहान्त हुआ था। उस नासूर से लगातार मवाद आता रहता था। उनके पास पैसे नहीं थे कि उसका इलाज कराते।

फ़क़ीर मोहन जानते थे कि अगर किसी को पता चल गया कि उनके दाहिने पैर में इतना पुराना और लाइलाज नासूर है, तो उन्हें कोई काम नहीं मिलेगा। इसलिए वे लगातार उसे छिपाते रहे। कोई उसके बारे में जान न जाये, इसके लिए वे हमेशा प्रयत्न करते रहे। अपने चेहरे पर वे यही भाव रखते, जैसे उन्हें कुछ नहीं हुआ है, वे स्वस्थ हैं। जबकि वास्तविकता यह थी कि जैसे ही वे अपना दाहिना पाँव ज़मीन पर रखते और उनके शरीर का बोझ उस पर पड़ता, लगता जैसे कई लाख बिच्छुओं ने वहाँ एक साथ डंक मार दिया है। बहुत कठिन अभ्यास के बाद उन्होंने अपने चेहरे को पहले निर्विकार और बाद में प्रसन्न रखना सीख लिया था।

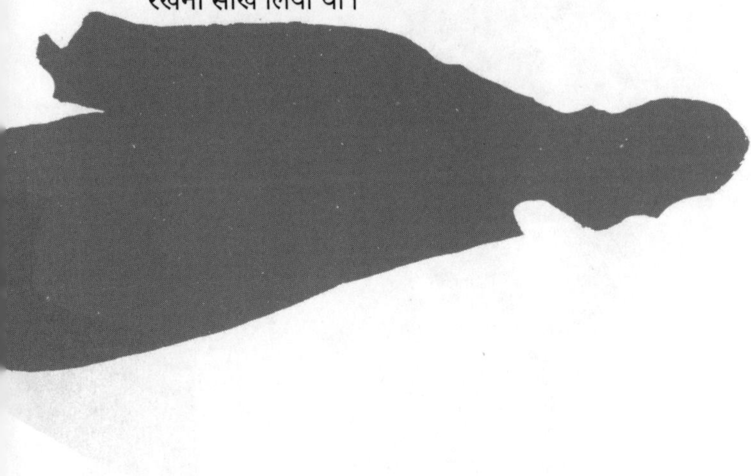

लेकिन उन्हें इसके बावजूद कहीं कोई काम नहीं मिला। रंगमंच ही उनके लिए आजीविका का पहला साधन बना, जहाँ उन्हें मस्ख़रे का काम मिला।

अपने चेहरे पर रंग पोतकर वे ढेर सारी सफ़ेद-काली लकीरें खींच लेते थे। उनके चेहरे की पेशियों जैसे ही किसी भाव को अभिव्यक्त करतीं, वे सारी लकीरें हिलतीं। उनका एक खास पैटर्न बनता। वे लकीरें काग़ज़ की छोटी-छोटी कतरनों की तरह थीं और

उनका चेहरा केलाइडोस्कोप, जहाँ इतनी अनन्त और असंख्य डिज़ाइनें बनी थीं कि लोग अवाक् रह जाते। फिर कुछ देर बाद दर्शकों को हँसी आने लगती। वे हँसते और यही फ़क़ीर मोहन सेन की कामयाबी सिद्ध होती।

जिन्होंने भारतीय अभिनय का इतिहास पढ़ा है, वे जानते हैं कि फ़क़ीर मोहन सेन ने रंगमंच में कभी कोई बड़ी भूमिका नहीं निभाई। न वे कभी दुष्यन्त बने, न कालिदास, न किंग लियर और न सीज़र। अपने दस वर्ष के अभिनय काल में कोई महत्त्वपूर्ण संवाद भी उन्होंने नहीं बोला।

उनकी भूमिका बहुत सीमित और संक्षिप्त होती थी। वे नाटक के बीच-बीच में मंच के दाहिने कोने से निकलकर एक-दो बार मंच का चक्कर लगाते थे। अपना चेहरा कई कोणों से दर्शकों की ओर रखते थे, फिर बायें पार्श्व से निकल जाते थे।

लेकिन जैसे ही वे मंच पर आते और चलने की शुरुआत करते, दर्शकों की हँसी और तालियाँ पैदा होने लगतीं। प्रेक्षागृह में हंगामा-सा हो जाता। दर्शक हँस-हँसकर दोहरे हो जाते। जबकि फ़क़ीर मोहन सेन करते कुछ नहीं थे। वे सिर्फ़ चलते थे। और उनके रंग-पुते चेहरे की काली सफ़ेद धारियाँ, अलग-अलग नमूने पेश करती जाती थीं। काले चोगे के नीचे उनका शरीर तरह-तरह से ऐंठता और काँपता था।

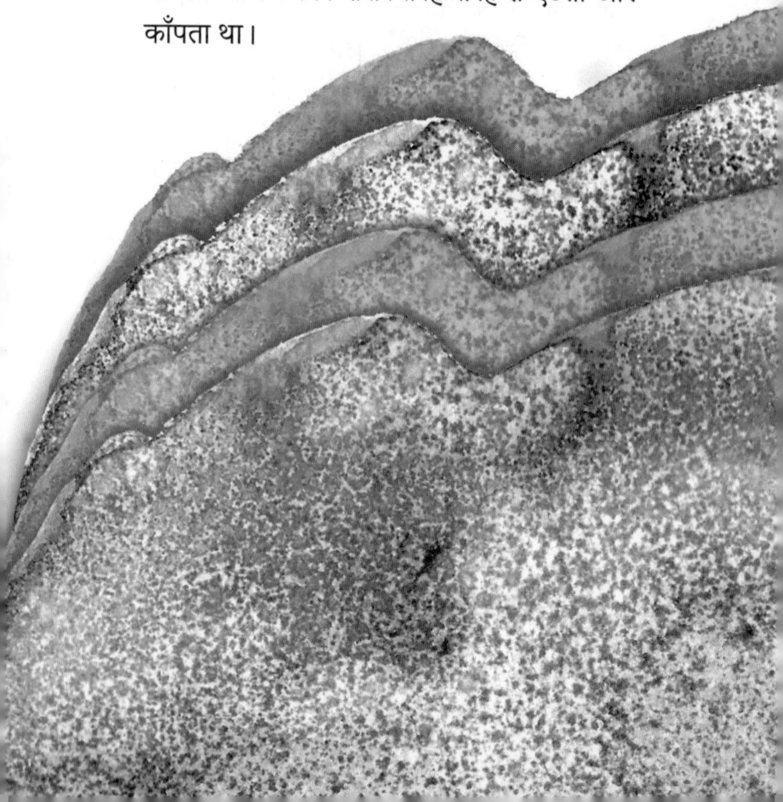

'भारतीय अभिनय का इतिहास' में यह विशेष रूप से रेखांकित किया गया है कि बहुत सारे दर्शक प्रेक्षागृह में नाटक नहीं, सिर्फ़ फ़क़ीर मोहन सेन का अभिनय देखने आते थे। ऐसा असम्भव था कि कोई फ़क़ीर मोहन सेन का चलना मंच पर देखे और हँसते-हँसते दोहरा न जाये। यहाँ तक कि बच्चे जब नाटक देखकर घर लौटते तो वे अपने चेहरों पर रंग पोतकर और काली सफ़ेद धारियाँ खींचकर उनकी नक़ल उतारने का खेल खेलते। वे ठीक उसी तरह चलने की कोशिश करते, जैसे फ़क़ीर मोहन सेन चलते थे।

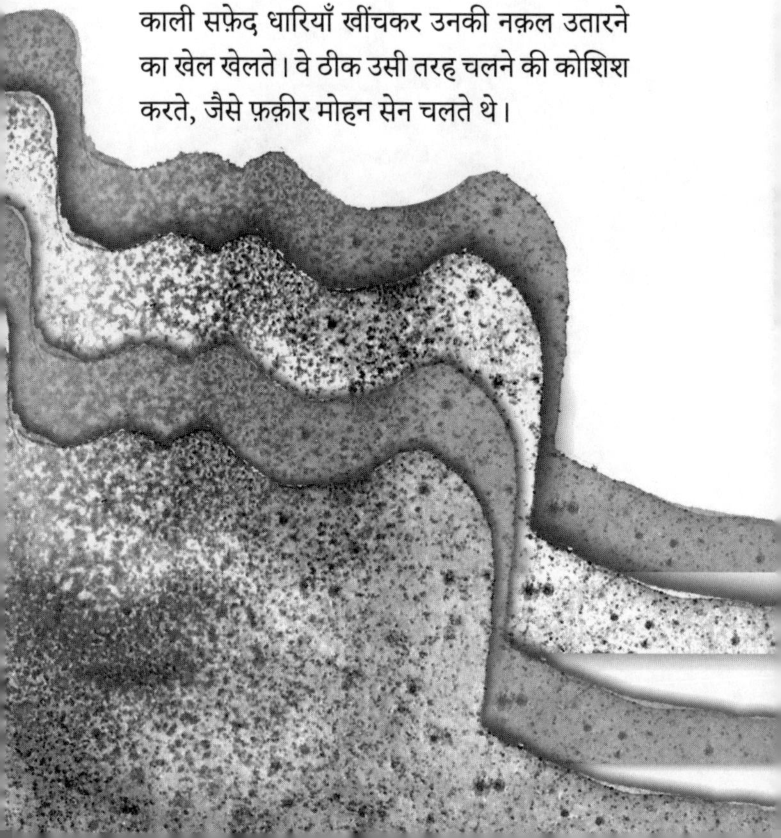

फ़क़ीर मोहन सेन का हास्य अभिनय अभूतपूर्व था। भारतीय अभिनय के इतिहास में उसका एक निश्चित स्थान निर्धारित हो चुका है। रंग आलोचना और आधुनिक नाट्यशास्त्र में उनके अभिनय को 'जादुई अभिनय' की संज्ञा दी गयी है।

कहा जाता है कि अन्तिम समय में उनका अभिनय कलात्मकता और लोकप्रियता के चरम शिखर पर पहुँच गया था।

डिबिया

डिबिया अभी तक मेरे पास है। कई वर्षो से मैंने उसे खोलकर भी नहीं देखा, लेकिन उसे खोलने का निर्णय पूरी तरह मुझ पर निर्भर करता है। समाज या कोई और, कोई दोस्त भी मुझ पर यह दबाव नहीं डाल सकता कि मैं उसका ढक्कन सिर्फ़ इसलिए खोल दूँ कि इससे मेरी बातों के प्रति उसका विश्वास पैदा हो जायेगा। नहीं तो मैं कभी भी, जीवन भर, विश्वसनीयता नहीं हासिल कर सकूँगा।

यानी अगर मुझे अपने अनुभव की सत्यता को प्रमाणित करना है तो मैं उन लोगों के सामने अपनी उस डिबिया का ढक्कन हटा दूँ, जो मुझ पर विश्वास नहीं करते। मेरे अनुभव जिन्हें अविश्वनीय लगते हैं।

लेकिन समस्या यह है कि यह कैसे पता चले कि उन लोगों का विश्वास हासिल करना, मेरे लिए इस डिबिया को खोलने से जोखिम और दाँव से ज़्यादा मूल्यवान है? यह भी तो हो सकता है कि उन सबको मेरी बात के प्रमाणित हो जाने पर सिर्फ़ मेरे एक इस अनुभव पर विश्वास हो जाये, लेकिन दूसरे बाक़ी अनुभवों को वे फिर भी अविश्सनीय मानते रहें।

ऐसे में तो अपनी बातों को उन तमाम लोगों के सामने प्रमाणित करते-करते ही मैं बूढ़ा हो जाऊँगा। मर भी जाऊँगा। और तब भी मेरे बहुत-से अनुभव अप्रमाणित ही रह जायेंगे यानी अन्ततः मैं उन लोगों के लिए अविश्सनीय ही बना रहूँगा।

फिर एक सबसे बड़ी समस्या तो यह है कि अपने दूसरे बाक़ी अनुभवों का प्रमाण देने के लिए मेरे पास दूसरी डिबिया भी नहीं है।

मैं किस तरह से अपने जीवन की सत्यता को इतने सारे लोगों के लिए प्रमाणित करता रहूँ? यही कारण है कि मैं उस डिब्बी का ढक्कन नहीं हटाता। अकेले में भी, दूसरों के सामने भी। क्योंकि सन्देह मुझे कभी-

कभी अपने ऊपर भी होता है। इतने वर्षों बाद मैं भी तो, उस एक अनुभव के लिए, एक दूसरा आदमी बन चुका हूँ।

वह डिब्बी बचपन से मेरे पास है। उसकी कहानी बहुत छोटी-सी है, ऐसी भी नहीं कि वह अरुचिकर हो।

तो, था यह कि उस समय मेरी उम्र आठ साल की रही होगी। सातवें साल से दूधिया दाँत टूटने लगते हैं। लेकिन तब तक दाढ़ में वे दाँत नहीं उग पाते, जिनसे अक्ल पैदा होती है।

हमारा घर गाँव में है। पहले मिट्टी का घर था। छप्पर खपड़ैल की होती थी। अभी भी खपड़ैल की ही होती है। गाँव से लगा हुआ

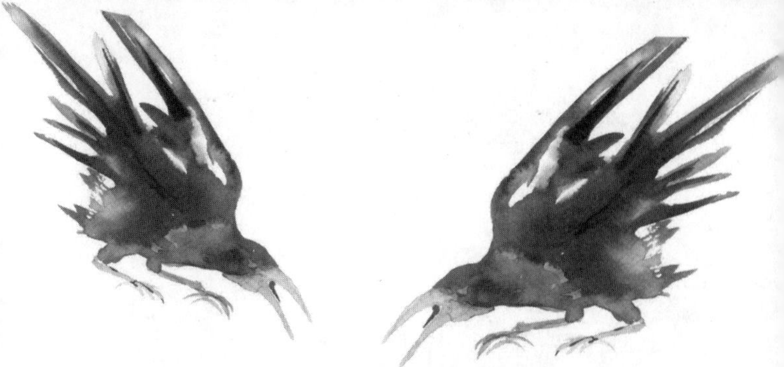

जंगल था। जंगल में लंगूर बहुत होते थे। बल्कि लंगूर शब्द मैंने काफ़ी बाद में सीखा, किताबों से। हम उन्हें काले मुँह का बन्दर कहते थे। और कौए बहुत होते थे। हमारी दादी खाना खाने के बाद दोपहर आँगन में कौओं को बुलाती थीं, खाना देने के लिए, तो वे पूरे आँगन में भर जाते थे।

लंगूर और कौए, दोनों हमारे घर के छप्पर के दुश्मन थे। लंगूर छप्पर पर दौड़ते तो खपड़े फूट जाते। कौए भी जगह-जगह से खपड़ैलों को हटा देते थे। जहाँ-जहाँ खपड़लें फूट गयी होती थीं, वहाँ बरसात का पानी घर के अन्दर टपकने लगता था। हम वहाँ खाली बाल्टी रख देते थे।

लेकिन जब बारिश न होती तो उन छेदों से धूप कमरे के भीतर फ़र्श पर गिरती थी। फ़र्श पर धूप के वे गोल टुकड़े बहुत रहस्यपूर्ण, आकर्षक और कुछ-कुछ

जीवित लगते थे। वे टुकड़े सूर्य के साथ-साथ सरकते थे और उनका आकार भी बदलता जाता था। जिस टुकड़े को सुबह मैं किसी मछली के रूप में देखता था, दोपहर वह हाथी के रूप में होता या मुँह फाड़े हुए राक्षस की तरह। कभी-कभी किरणों का कोण या सूर्य की स्थिति बदलने से कोई टुकड़ा अदृश्य भी हो जाता। देखते-देखते वह छोटा होता जाता और फिर अन्तर्धान हो जाता। अगले दिन ठीक उसी समय पर प्रकट होने के लिए। कभी-कभी कमरे में कई ऐसे टुकड़े दिखने लगते। फिर धीरे-धीरे छोटे वाले टुकड़े सब ग़ायब हो जाते और जो सबसे बड़ा होता, वह सबसे देर तक टिकता।

इन टुकड़ों के साथ एक बात और भी थी। कमरे के अँधेरे में, जिस जगह वह गिरते, वहाँ अपने चमकदार अस्तित्व के चारों ओर, वृत्ताकार रोशनी का एक मद्धिम दायरा और बनाते थे। उस दायरे में आकाश का धुँधला प्रतिबिम्ब होता था। उल्टा आकाश और हल्के नीले रंग का। चिड़ियाँ कभी अगर ऊपर से जातीं तो कमरे के अन्दर उनकी उड़ती हुई परछाई गुज़र जाती। रेंगते हुए बादल दिखते। कभी-कभी ये

बादल उस टुकड़े को ही ढक लेते। तब ऐसे में कुछ भी न बचता। न प्रतिबिम्ब, न टुकड़ा।

वे टुकड़े मुझे बहुत जीवित और जादुई लगते थे। मैं उन्हें अपने साथ वहाँ से दूसरी किसी जगह ले जाने के फेर में रहता। इतना तो निश्चित था कि इनमें जीवन था और उनके साथ मैं सिर्फ़ किसी पराये दर्शक जैसा सम्बन्ध नहीं रखना चाहता था। मैं उनके साथ इस पूरे दिन भर के खेल में शामिल होना चाहता था।

मैं बहुत कोशिश करता, लेकिन वे अपनी जगह से कहीं नहीं जाते थे। जिस चीज़ को मैं उनके नीचे रखता, वे उसके ऊपर आ तो जाते, लेकिन उसे खींचते ही वे वहीं रह जाते। हथेली में वे रहते, लेकिन मुट्ठियाँ बाँधते ही वे उँगलियों के ऊपर आ जाते और मेरा हाथ ख़ाली ही लौट आता। कई बार हारकर गुस्से में मैं उन्हें जोरों से पीटता। लात मारता।

लोहे से जमीन खोद डालता, लेकिन वे बिल्कुल अप्रभावित रहते थे। मेरे प्रति उनकी यह तटस्थता मेरे बर्दाश्त के बाहर थी। फिर उस दिन ऐसा हुआ। मैं अकेला था। यह रसोई थी। एक बड़ा-सा, सुन्दर-

सा टुकड़ा वहीं गिरा हुआ खेल रहा था। माँ खाना बनाकर कहीं चली गयी थीं। मैंने उस टुकड़े को खूब प्यार करने की कोशिश की। उसे चूमा, फिर मैंने भात और दाल निकालकर उसे दिया। रसोई में बेना रखा हुआ था। चूल्हे की आग को हवा करने के लिए उसी का इस्तेमाल होता है। मैंने बेने के ऊपर उस टुकड़े को रखा और उसे खींचा।

मैंने देख लिया कि वह बेने के साथ-साथ सरक रहा है। वह आ रहा था। यह मेरे जीवन की सबसे बड़ी सफलता थी। वह अब छप्पर से मुक्त हो चुका था। सूर्य से भी। मेरे साथ उसका सम्बन्ध बन चुका था और उसने अपने बाकी सारे सम्बन्ध तोड़ दिये थे। वह मेरा था। सिर्फ़ मेरा। मैं उसे रसोईघर के दूसरे कोने तक ले गया। फिर मैंने उससे प्यार से कहा, 'मेरा इन्तज़ार करना, मैं अभी आया।' और मैं भागा। टिन की यह डिबिया, जिसमें पहले माँ का काजल था, उसे लेकर मैं लौटा। वह मेरा इन्तजार कर रहा था, बेने के ऊपर। धीरे-धीरे काँपता हुआ। मैंने तभी से उसे इस डिबिया में बन्द कर रखा है। मैं जानता हूँ कि यह वहीं हैं, वह हमेशा यहीं हैं, वह हमेशा वहीं रहेगा। और यह बात सच है।

क्या इस डिबिया का ढक्कन हटाकर उसे खो देने का इतना बड़ा ख़तरा मैं सिर्फ़ इसलिए मोल लूँ कि इससे उन लोगों को मेरे इस अनुभव पर विश्वास हो जायेगा, वरना मैं उनका विश्वास कभी हासिल नहीं कर सकूँगा। लेकिन जो नहीं है, उसके लिए, जो है, उसे दाँव पर लगाना क्या कोई समझदारी है।

■

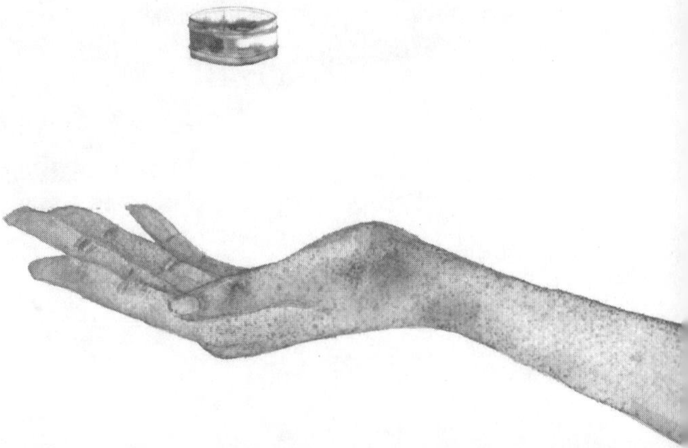

गंगू

वे इतिहास के कीड़े थे। पागल होने के पहले तक उनका इतिहासकारों के बीच बड़ा सम्मानित स्थान था। 'राष्ट्रीय इतिहास अनुसंधान परिषद्' के लिए उन्होंने कई महत्त्वपूर्ण प्रोजेक्ट्स का दिशा-निर्देशन किया था और कई पुस्तकें लिखी थीं।

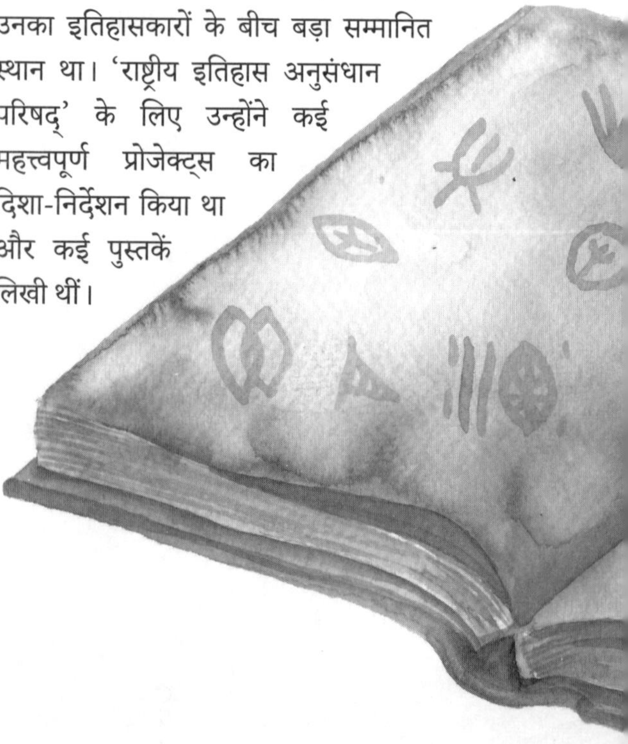

पिछले दिनों अयोध्याकांड के बाद हुए दंगों के दौरान उनका दिमाग़ सनक गया। वे पागल हो गए।

उनका पागलपन कुछ-कुछ ऐसा था कि बहुत देर तक लोगों को इसका पता ही न चलता। वे काफी गंभीरता के साथ, सारे ऐतिहासिक तथ्यों के साथ, बोलते रहते।

लेकिन अचानक ही वे ज़ोर-ज़ोर से गाने लगते, 'हिंदू पाकिस्तान में, गंगू हिंदुस्तान में।'

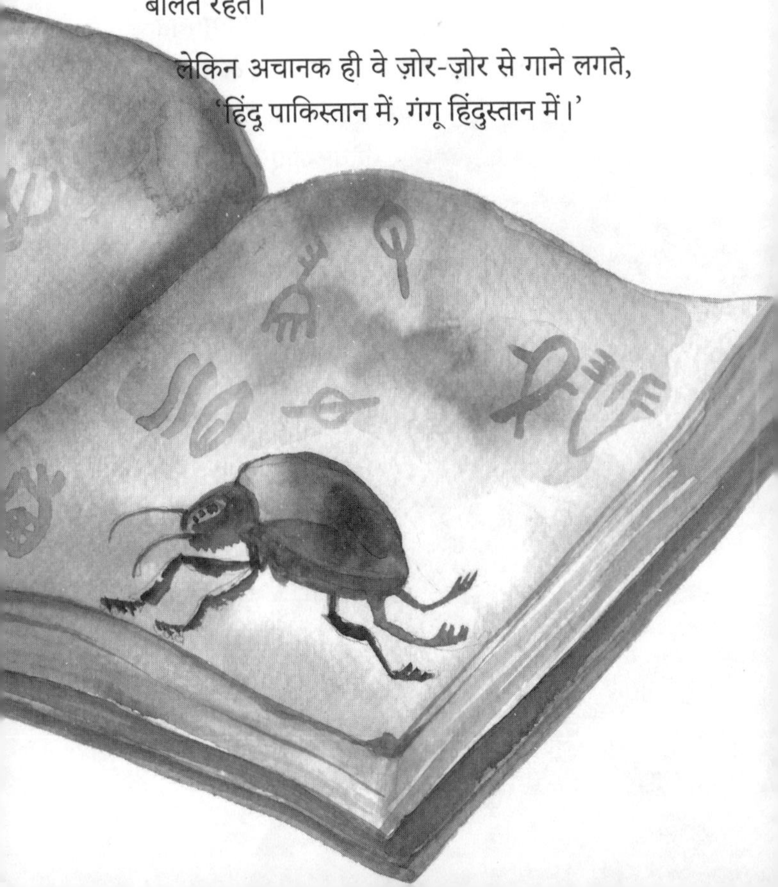

इसके बाद तो यह होता कि कोई अगर उनसे पूछता कि आप कौन हैं तो वे कहते- 'मैं गंगू हूँ। तुम भी गंगू हो। यहाँ रहने वाले सब गंगू हैं।' फिर वे ज़ोर-ज़ोर से अपना गाना शुरू कर देते। लोग कहते, वे पगला गए लेकिन मैंने कहीं पढ़ा था कि पागलों के विचारों की तर्कप्रणाली दरअसल शुद्ध गणित या संगीत के स्वरों की संगति की तरह हो जाती है, इसीलिए सामान्यतः लोग उसे समझ नहीं पाते। अगर पागलों के विचारों पर सूक्ष्मता के साथ ध्यान दिया जाए और उनके साथ पूरी तरह परिश्रम किया जाए तो पागलों के विचारों की अमूर्त तर्कप्रणाली को समझा जा सकता है। जो लेख मैंने पढ़ा था, उसमें ऐसे कई नामों की

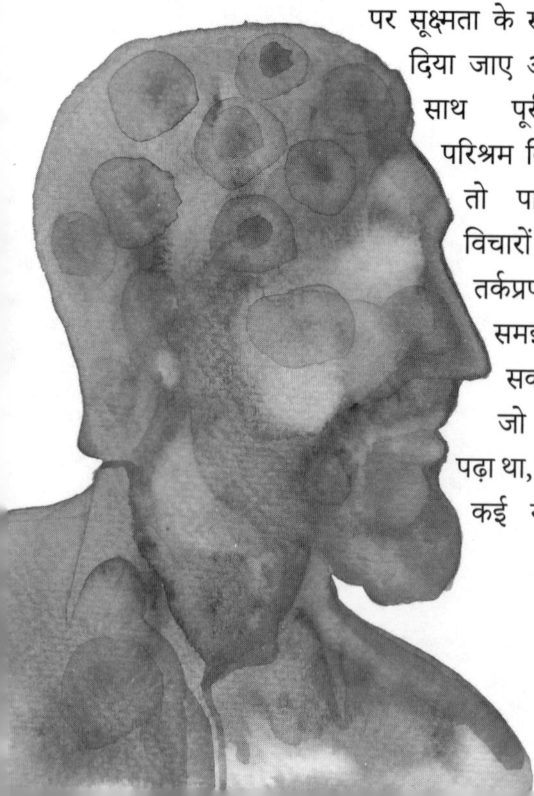

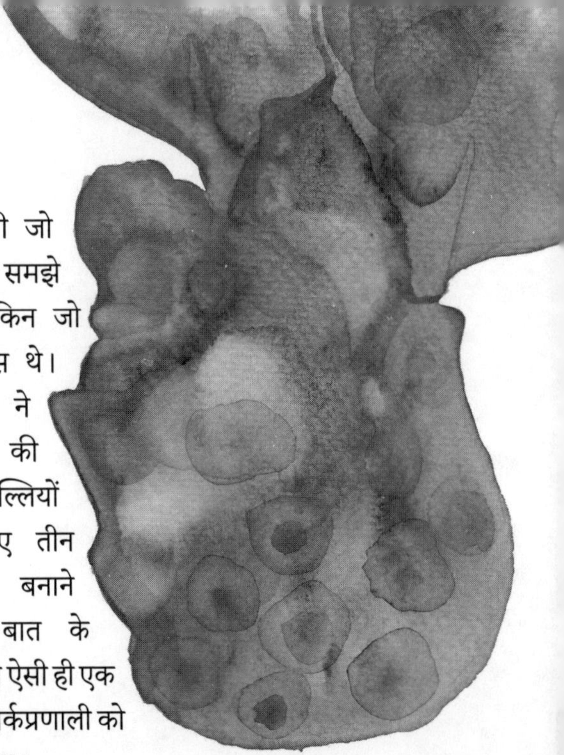

सूची थी जो पागल समझे गए लेकिन जो जीनियस थे। लेखक ने न्यूटन की तीन बिल्लियों के लिए तीन छेद बनाने वाली बात के पीछे भी ऐसी ही एक महान तर्कप्रणाली को खोजा था।

बहरहाल, उन्हें मैंने एक दिन पकड़ लिया। अकेले में।

मैंने उनसे पूछा कि आप जो गाना- 'हिंदू पाकिस्तान में, गंगू हिंदुस्तान में' गाने लगते हैं, उसका अर्थ क्या है।

आश्चर्य की बात कि उन्होंने अत्यंत संतुलित, गंभीर और शांत ढंग से मेरे प्रश्न का उत्तर दिया। उन्होंने कहा, 'बताओ, जो लोग अथवा जिस सभ्यता के

लोग सिंधु नदी के
तट पर रहते थे उन्हें
विदेशियों ने क्या नाम दिया?'

'हिंदू', मैंने कहा।

'तो सिंधु अब कहाँ है?' उन्होंने पूछा।

'पाकिस्तान में।' मैंने जवाब दिया।

'तो इसका मतलब यह कि अगर विदेशी आज उत्तर-पश्चिमी सीमा पर आते, तो हिंदू किसे कहते ?'

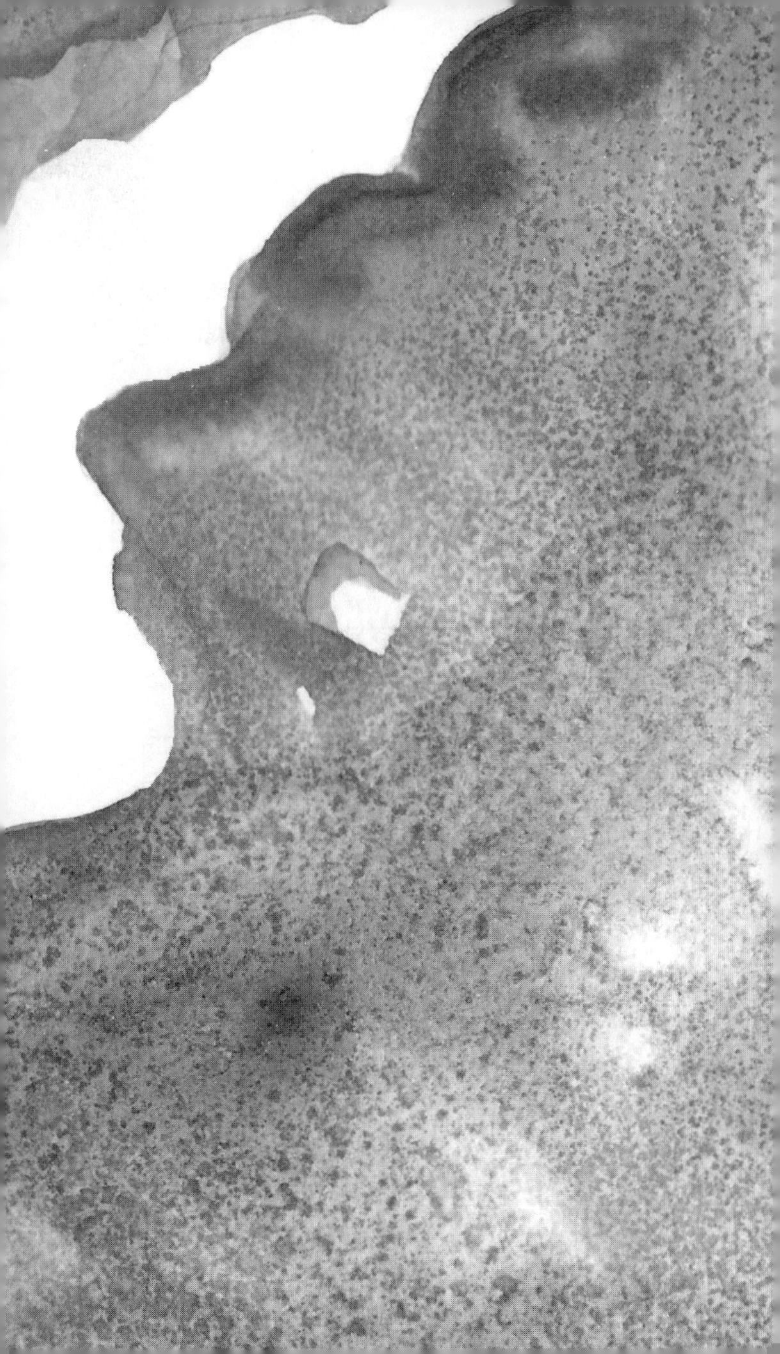

‘उन्हें, जो पाकिस्तान में रहते हैं।’

उन्होंने मुस्कुराकर मुझसे फिर पूछा, ‘अच्छा, अब बताओ, हमारे देश में सबसे पुरानी, बड़ी और महत्त्वपूर्ण नदी कौन-सी है?’

‘गंगा’, मैंने सोचकर जवाब दिया।

‘तो विदेशी हमें क्या कहते?’ यह उनका प्रश्न था।

मैं सोचने लगा। सोचने में कुछ वक्त लगा।

उन्होंने स्वयं ही कहा, ‘जहाँ तक मेरा अनुमान है, वे हमें ‘गंगू’ कहते।’

उसके बाद उन्होंने आँखें बंद कर लीं और वे गाने में मगन हो गए। मैंने बहुत सोचा लेकिन उनकी बात में किसी अतार्किक या अराजक तर्कप्रणाली के लक्षण नहीं दिखे। मैं इस तरह अचानक एक पागल इतिहासकार के विचारों की तर्क-पद्धति के शुद्ध गणित तक जा पहुँचा था।

उस दिन के बाद से जब कोई मुझसे पूछता है कि आप कौन हैं, तो मेरा भी यही उत्तर होता है: "मैं गंगू हूँ। आप भी गंगू हैं। यहाँ उत्तर प्रदेश से लेकर बिहार तक का इलाका, जिसे 'दोआब' कहा जाता है, वह 'गंगू प्रदेश' है।"

आपने पिछले कुछ दिनों से शहर की दीवारों पर अकसर यह नारा लिखा हुआ देखा होगा : 'गर्व से कहो, हम गंगू हैं।'

इसका लेखक मैं ही हूँ।

अगर आपको लगता है, मैं भी सनक गया हूँ तो मेरे घर के पते पर कृपया एक पोस्टकार्ड डाल दें। मेरे गाँव से आकर कोई मुझे यहाँ से ले जाएगा। अच्छा, अब मैं गाना गाऊँगा।

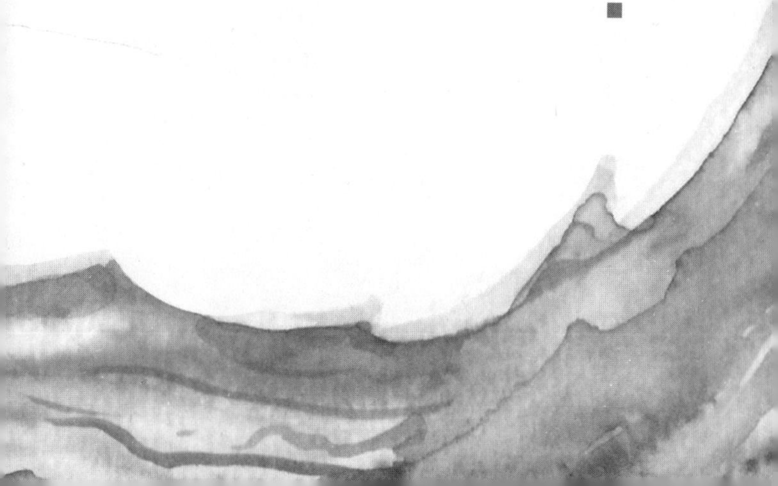

नरक

कॉफी हाउस एक पाँच मंजिला इमारत की खुली छत पर था।

ये दोनों टेबल के दोनों ओर बैठे हुए थे। कॉफी के कप टेबल पर रखे थे।

'उसने फिर से बड़ा घटिया लिखा है।' एक ने दूसरे को देखते हुए कहा।

'घटिया के अलावा कुछ और वह लिख ही नहीं सकता।' दूसरे ने बात गंभीरता के साथ आगे बढ़ाई।

'तुमने पढ़ा कि उसने क्या लिखा है?' पहले ने यों ही पूछा।

‘नहीं। और तुमने?’

‘मैं घटिया लोगों द्वारा लिखी गई घटिया चीजें नहीं पढ़ता।’ पहले ने किसी फिल्म के संवाद की तरह कहा।

‘वह एक अत्यंत घटिया व्यक्ति भी है!’ दूसरे ने जोड़ा।

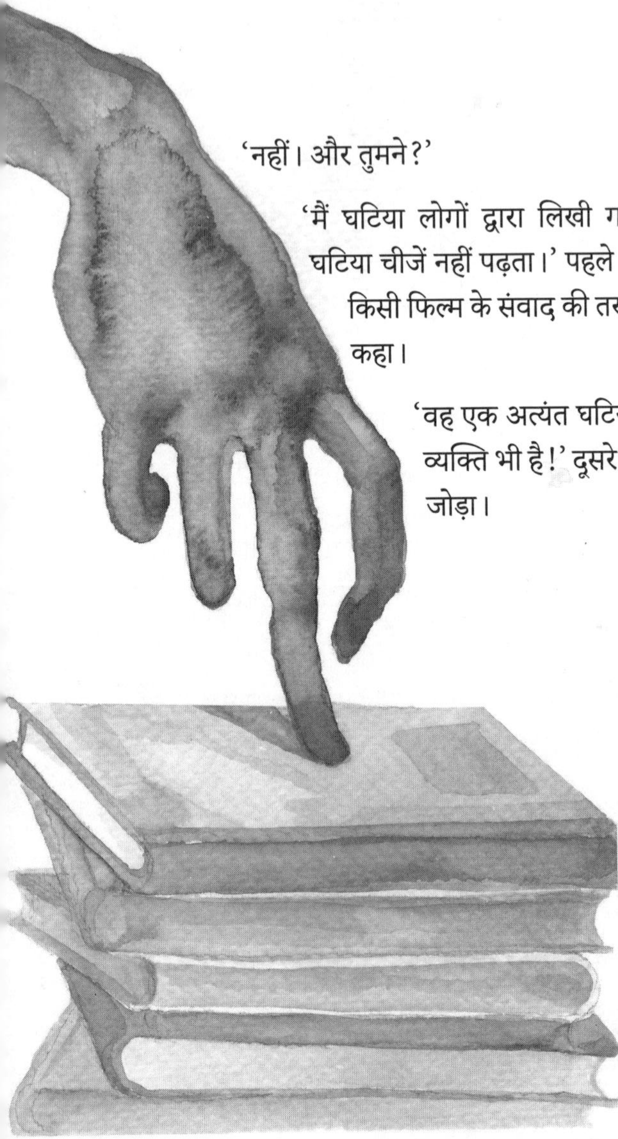

'इसके अलावा वह कुछ और हो ही नहीं सकता। वैसे, क्या उसने तुम्हारे साथ कभी कोई ऐसी हरकत की?'

'मुझसे क्या हरकत करेगा। मैं तो ऐसे आदमी से दस हाथ दूर ही रहता हूँ।'

दोनों थोड़ी देर चुप रहे। फिर एक ने कहा, 'कल कवि कमल कुमार और डॉक्टर तिवारी मिले थे। दोनों का उसके बारे में कहना था कि उन्होंने इतना घटिया मनुष्य न तो कभी जीवन में देखा, न किताबों में।'

दूसरा थोड़ी देर सोचता रहा। फिर उसने कहा, 'वैसे तुम कवि कमल कुमार से सावधान रहना। वह मूस की तरह दरिद्र बनकर घर में घुसता है और नींव खोद डालता है।'

पहले ने सहमति जताई, 'मैं जानता हूँ। वैसे डॉक्टर तिवारी भी कम घटिया आदमी नहीं है। देखा उस दिन, वहाँ कैसे लपर-लपर दुम हिला रहा था।'

दोनों फिर चुप हो गए। उनका चेहरा गंभीर और कुछ-कुछ, मटमैला हो गया।

बहुत देर के बाद दूसरे ने दुःख के साथ कहा, 'माहौल कितना घटिया है। है न?

'हाँ यार, हम किस नरक में फँस गए।' पहले ने और अधिक दुःखी स्वर में कहा। इसके बाद दोनों ने एक-दूसरे को देखा। उसी तरह जैसे एक-दूसरे को देखते हैं।

फिर वे मुस्कुराए। उसी तरह जैसे फरिश्ते नरक में मुस्कुराते हैं।

■

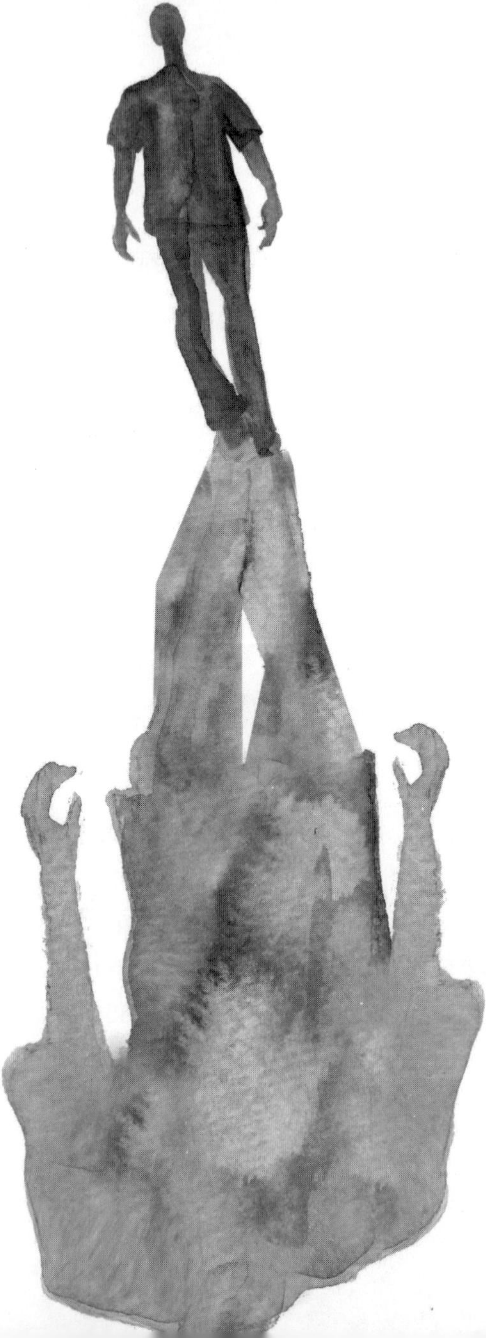

अपराध

मेरे भाई मुझसे छः साल बड़े थे। आश्चर्य था कि पूरे गाँव में सभी लड़के मुझसे छः वर्ष बड़े थे। मैं इसीलिए सबसे छोटा और अकेला था। सब खेलते तो मैं उनके पीछे लग जाता।

मेरे भाई बचपन से अपाहिज थे। उनके एक पैर को पोलिया हो गया था, लेकिन वे बहुत सुन्दर थे। देवताओं की तरह। वे आस-पास के कई गाँवों में सबसे अच्छे तैराक थे और उनको हाथ के पंजों की लड़ाई में कोई नहीं हरा सकता था। घूँसे से नारियल और ईंटें तोड़ देते थे।

जबकि मैं दुबला-पतला था। कमज़ोर और चिड़चिड़ा। मुझे अपने भाई से ईर्ष्या होती थी, क्योंकि उनके बहुत सारे दोस्त थे।

मैं सबसे छोटा था, इसलिए मैं भाई के लिए एक उत्तरदायित्व की तरह था। वे मुझसे प्यार करते थे और मेरे प्रति उनका रुख एक संरक्षक की ज़िम्मेदारी जैसा था।

सब खेलते और मैं छोटा होने के कारण अकेला पड़ जाता तो भाई आकर मेरी मदद करते। जोड़ी और पाली वाले कई खेलों में वे मुझे अपनी पाली में शामिल कर लेते थे। कोई दूसरा लड़का अपनी पाली में मुझे शामिल करके हार का ख़तरा नहीं उठाना चाहता था। अक्सर भाई मेरी वजह से ही हारते। फिर भी वे मुझसे कभी कुछ नहीं कहते थे। मैं उनकी ज़िम्मेदारी था और वे उसे निभाना चाहते थे। जहाँ तक मुझे याद है, उन्होंने कभी मुझे नहीं मारा।

जो कुछ मैं बताने जा रहा हूँ, उसका सम्बन्ध भाई और मुझसे ही है। यह बहुत महत्त्वपूर्ण घटना है। ऐसी घटना जो जीवन भर आपका साथ नहीं छोड़ती

और अक्सर स्मृति में, बीच-बीच में, कहीं अचानक सुलगने लगती है। किसी अँगारे की तरह।

हुआ उस दिन यह कि मैं भाई के साथ खेलने गया। उस दिन बारिश हो चुकी थी और शाम की ऐसी धूप फैली हुई थी, जो शरीर में उल्लास भरा करती है। ऐसे में कोई भी खेल बहुत तेज़, गतिमय और सम्मोहक हो जाता है।

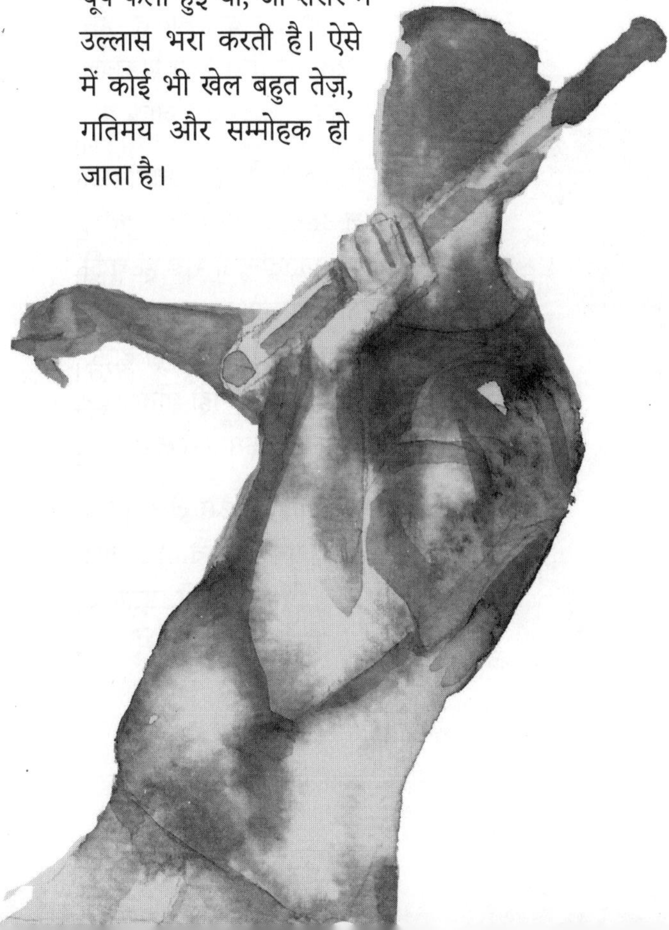

सभी लड़के खड़ब्बल खेल रहे थे। लकड़ी की छोटी-छोटी डण्डियाँ हर लड़के के पास थीं। पूरी ताकत से खड़ब्बल को ज़मीन पर, आगे की ओर गति देते हुए, सीधे मारा जा रहा था। ताकत और संवेग से नम धरती पर गिरा हुआ खड़ब्बल गुलाटियाँ खाते हुए बहुत दूर तक जाता था।

मुझमें न इतनी ताक़त थी, न मैं इतना बड़ा था कि खड़ब्बल उतनी दूर पहुँचाता, जबकि वहाँ एक होड़, एक प्रतिद्वन्द्विता शुरू हो चुकी थी। कोई भी हारना नहीं चाहता था। यह एक ऐसा खेल था जिसमें कोई पाली नहीं होती, कोई किसी का जोड़ीदार नहीं होता। हर कोई अपनी अकेली क्षमता से लड़ता है।

भाई भी उस खेल में डूब गये थे। वे कई बार पिछड़ रहे थे, इसलिए गुस्से और तनाव में और ज़्यादा ताकत से खड़ब्बल फेंक रहे थे।

वे मुझे भुला चुके थे और मैं अकेला छूट गया था। छः वर्ष पीछे। कमज़ोर। उस दिन, उस खेल में शामिल होने के लिए मुझे छः वर्षों की दूरी पार करनी पड़ती, जो मैं नहीं कर सकता था।

भाई जीतने लगे थे। उनका चेहरा ख़ुशी और उत्तेजना में दहक रहा था। उन्होंने एक बार भी मेरी ओर नहीं देखा। वे मुझे पूरी तरह भूल चुके थे।

मुझे पहली बार यह लगा कि मैं वहाँ कहीं नहीं हूँ।

मुझे रोना आ रहा था और भाई के प्रति मेरे भीतर एक बहुत ज़बरदस्त प्रतिकार पैदा हो रहा था। मैं अपने खड़ब्बल को, अकेला अलग खड़ा हुआ एक पत्थर पर पटक रहा था। मैं ईर्ष्या, आत्महीनता, उपेक्षा और नगण्यता की आँच में झुलस रहा था।

तभी अचानक मेरा खड़ब्बल चट्टान से टकराकर उछला और सीधे मेरे माथे पर आकर लगा। माथा फूट गया और ख़ून बहने लगा। मैं चीखा तो भाई मेरी ओर दौड़े। खेल बीच में ही रुक गया था।

"क्या हुआ? क्या हुआ?" भाई घबरा गये थे और मेरे माथे को अपनी हथेली से दबा रहे थे। मेरा गुस्सा मिटा नहीं था। मैं भाई को अपनी उपेक्षा का दण्ड देना चाहता था।

मैंने भाई को झटक दिया और ख़ुद को छुड़ाकर घर की ओर भागा। भाई डर गये थे और दौड़कर मुझे मनाना चाहते थे। लेकिन उनका दायाँ पैर पोलियो का शिकार था, इसलिए वे मेरे साथ दौड़ नहीं सकते थे। उन्होंने लँगड़ाकर दौड़ने की कोशिश भी की, लेकिन वे गिर गये।

मेरी कमीज़ ख़ून से भीग गयी थी। सिर के बाल ख़ून से लिथड़ गये थे। माँ मुझे देखकर डर गयीं और रोने लगीं। पिताजी घबराये हुए घाव पर पाउडर डालने लगे।

मैंने रोते हुए माँ को बताया कि मुझे भाई ने खड़ब्बल से मारा है।

तभी मैंने देखा कि भाई लंगड़ाते हुए चले आ रहे थे। अकेले। उनको आशंका हो गयी होगी। वे डरे हुए रहे होंगे।

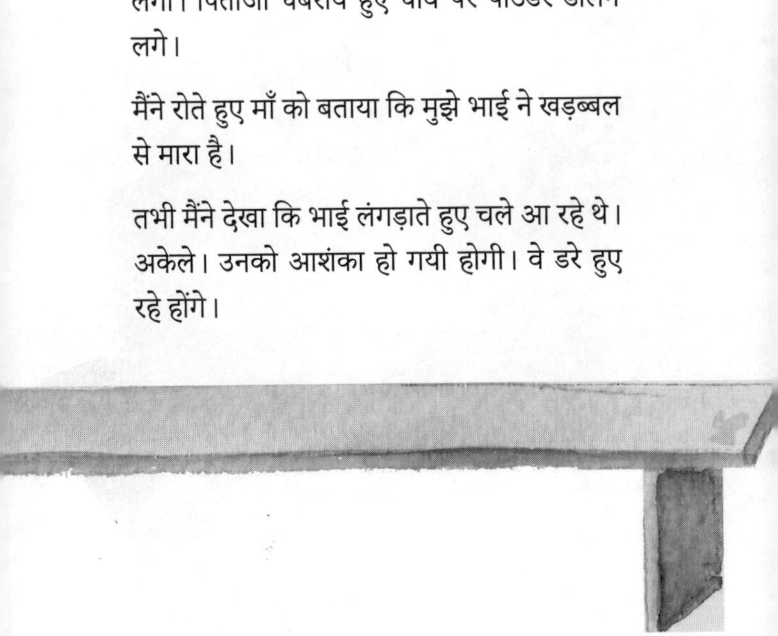

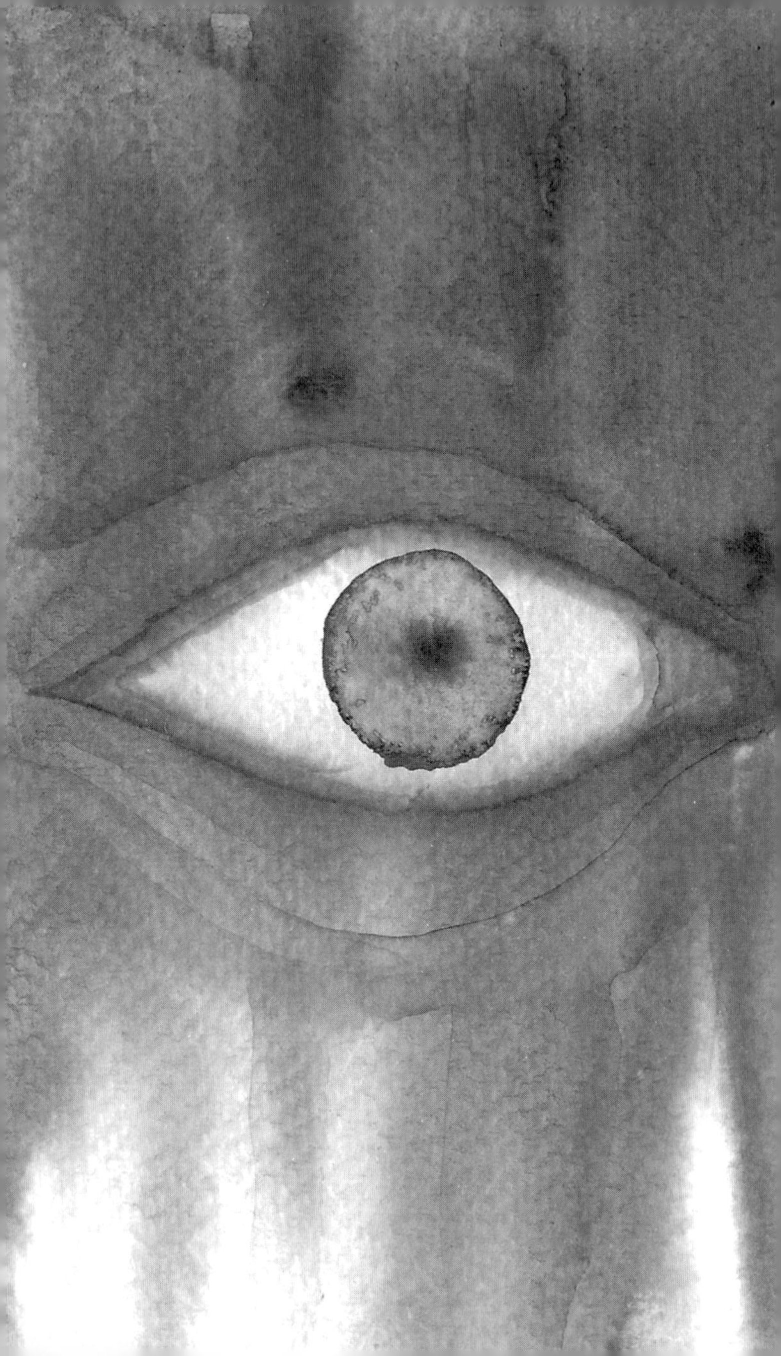

भाई बार-बार कहते रहे कि मैंने इसे नहीं मारा, लेकिन पिताजी उन्हें पीटे जा रहे थे। भाई रो रहे थे। वे सच बोल रहे थे, लेकिन उन्हें सज़ा मिल रही थी।

मैंने भाई का चेहरा देखा। वे मेरी ओर देख रहे थे। उनकी आँखें लाल थीं और उनमें करुणा और कातरता थी, जैसे वे मुझसे याचना कर रहे हों कि मैं सच बोल दूँ, लेकिन तब तक देर हो चुकी थी। उन्हें सज़ा मिल चुकी थी। फिर इतनी जल्द बात को

बिल्कुल बदलना मुझे सम्भव भी नहीं लग रहा था। क्या पता, पिताजी फिर मुझे ही मारने लगते! मैं डर रहा था।

यह घटना वर्षों पुरानी है, लेकिन भाई की वे कातर आँखें अब भी मुझे कभी-कभी घूरती हैं। याचना करती हुई। सच बोलने की भीख माँगती हुई। मेरी स्मृति में जब भी वे आँखें जाग उठती हैं, मेरी पूरी चेतना ग्लानि, बेचैनी और अपराध बोध से भर उठती है।

मैं अपने इस अपराध के लिए क्षमा माँगना चाहता हूँ। इस अपराध की सज़ा पाना चाहता हूँ। लेकिन अब तो माँ और पिताजी भी नहीं हैं, जिनको मैं यह बताऊँ कि उस दिन ठीक-ठीक क्या हुआ था।

भाई ही मुझे क्षमा कर सकते हैं, जिन्हें मेरे झूठ का दण्ड भोगना पड़ा। उनसे मैंने इस घटना का ज़िक्र भी करना चाहा, लेकिन उन्हें वह घटना याद ही नहीं। वे इसे बिल्कुल, पूरी तरह भूल चुके हैं।

तो इस अपराध के लिए मुझे क्षमा कौन कर सकता है? क्या यह ऐसा अपराध नहीं है जिसके बारे में जो निर्णय लिया गया था, वह ग़लत और अन्यायपूर्ण था, लेकिन जिसे अब बदला नहीं जा सकता?

और क्या यह ऐसा अपराध नहीं है, जिसे कभी भी क्षमा नहीं किया जा सकता? क्योंकि इससे मुक्ति अब असम्भव हो चुकी है।

■

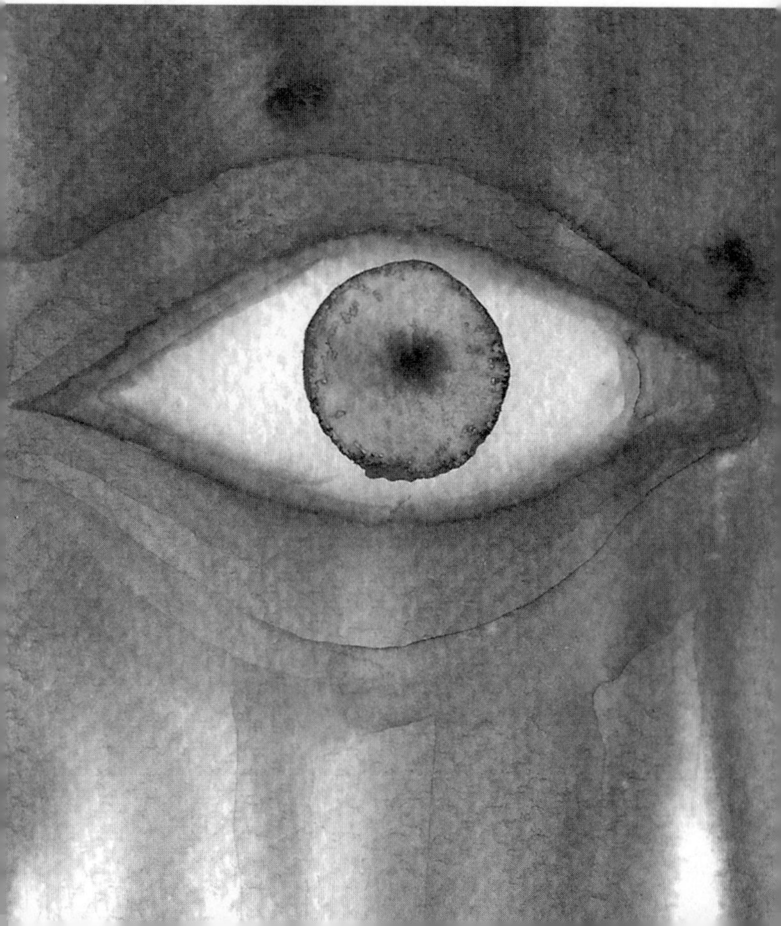

विनायक का अकेलापन

जो भी दुर्दिनों में घिरता है, दिल्ली उसे त्याग देती है।

विनायक दत्तात्रेय भी दुर्दिनों में थे। दिल्ली ने उन्हें त्याग दिया था। न उनके पास कोई आता था, न कोई उनका हाल पूछता था।

टेलीफ़ोन कभी बजता नहीं था। वे अकेले रह गये थे।

अकेलापन और दुर्दिन के दिन बिताने का तरीक़ा विनायक दत्तात्रेय ने खोज निकाला था।

वे अपने कमरे के एक कोने में जाकर खड़े हो जाते और पुकारकर पूछते, “विनायक, कैसे हो?”

फिर दूसरे कोने पर खड़े होकर मुस्कराते हुए कहते, “मैं ठीक हूँ, विनायक। अपनी सुनाओ। कभी-कभार आ जाया करो यार!”

■

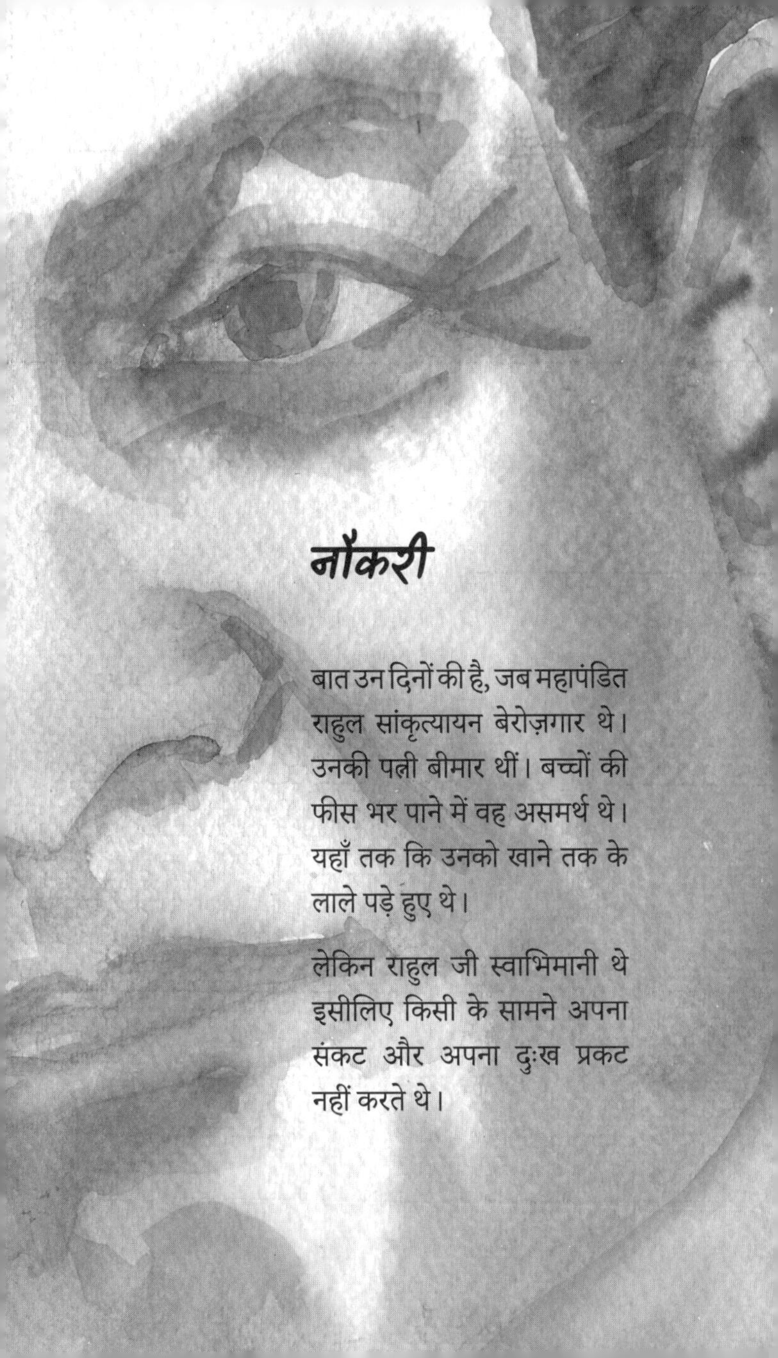

नौकरी

बात उन दिनों की है, जब महापंडित राहुल सांकृत्यायन बेरोज़गार थे। उनकी पत्नी बीमार थीं। बच्चों की फीस भर पाने में वह असमर्थ थे। यहाँ तक कि उनको खाने तक के लाले पड़े हुए थे।

लेकिन राहुल जी स्वाभिमानी थे इसीलिए किसी के सामने अपना संकट और अपना दुःख प्रकट नहीं करते थे।

उन्हीं दिनों अख़बारों में एक विज्ञापन निकला। 'अखिल भारतीय राहुल सांकृत्यायन शोध-संस्थान' में एक अनुवादक तथा एक ग्रंथ संपादक के पद रिक्त थे।

राहुल सांकृत्यायन चूंकि कई भाषाएँ जानते थे और अपनी पुस्तकों तथा अनेक दुर्लभ पांडुलिपियों के संपादन और प्रकाशन का लंबा अनुभव भी उन्हें था, इसलिए उन्होंने दोनों पदों के लिए आवेदन किया।

एक महीने बाद 'अखिल भारतीय राहुल शोध-संस्थान' की ओर से साक्षात्कार के लिए उन्हें कार्ड मिला। आने-जाने का तृतीय श्रेणी का किराया मिल रहा था, इसलिए वे रवाना हो गए।

साक्षात्कार में उनसे 'वोल्गा से गंगा तक', 'दर्शन दिग्दर्शन', 'भागो नहीं, दुनिया को बदलो' तथा 'मध्य एशिया का इतिहास' पुस्तकों से संबंधित प्रश्न पूछे गए। चूँकि ये पुस्तकें राहुल सांकृत्यायन ने स्वयं लिखी थीं, इसलिए वे बहुत सहजता से उत्तर देते गए। यहाँ तक कि कई बार उन्होंने साक्षात्कार समिति के सदस्यों की ग़लतियों को भी सुधारा।

उनके जाने के बाद शोध-संस्थान के अध्यक्ष ने, जो कि साक्षात्कार समिति का भी अध्यक्ष था, समिति के सदस्यों से पूछा कि इस कैंडीडेट के बारे में उनकी क्या राय है?

समिति के सदस्य असमंजस में थे। फिर एक ने कहा, “सवाल क्वालिफिकेशन का है और पास्ट एक्सपीरियेंस का है। हमारे पास सत्ताईस ऐसे लोगों के आवेदन हैं, जिन्होंने महापंडित राहुल सांकृत्यायन के कृतित्व और व्यक्तित्व पर पी.एच.डी. कर रखी है। पाँच साल से लेकर दस साल तक अध्ययन एवं शोध का अनुभव भी है।”

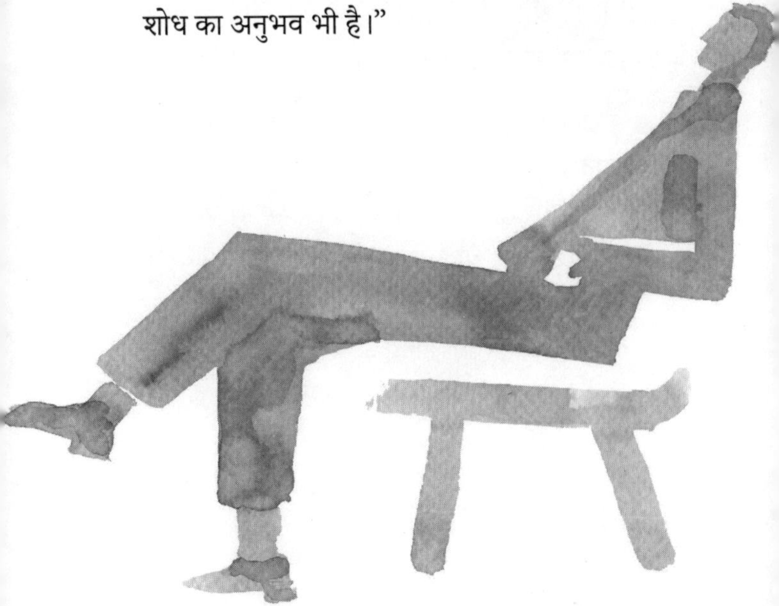

"फिर यह कैंडीडेट हमारे प्रश्नों का जवाब भी बड़े अपमानजनक और अभद्र ढंग से दे रहा था। आख़िर संस्थान की गरिमा और पद की स्तरीयता का भी तो हमें ध्यान रखना होगा।" एक अन्य सदस्य ने अपनी राय दी।

संस्थान के अध्यक्ष, जो कि साक्षात्कार तथा चयन समिति के भी अध्यक्ष थे, मुस्कुराये, "बिल्कुल ठीक राय है समिति की। मैं भी इससे शत-प्रतिशत

सहमत हूँ। मुझे तो दो मिनट में ही यह आदमी 'अनरिलायबल' और 'चालाक' लग गया था। भाई, संस्थान को ऐसे तत्त्वों से दूर ही रखने में भलाई है।"

इसके बाद अध्यक्ष ने सुरती-चूना मिलाकर हथेली पर अँगूठे से घिसाई की, एक चुटकी नीचे के होंठ पर दबाई और उठते हुए कहा, "कल मुझे राहुल सांकृत्यायन जन्मशती समारोह में व्याख्यान देने भोपाल जाना है। मैं चल रहा हूँ। आप लोग लिस्ट आउट कर दीजिए। मेरी राय में अनुवादक के पद के लिए श्री मुलायम चंद नौनिहाल और संपादक के लिए श्री गिरगिट जी उपयुक्त रहेंगे।"

जाते-जाते दरवाजे पर अध्यक्ष फिर खड़े हुए और घूमकर मुस्कुराते हुए उन्होंने कहा, "भाई लोकतांत्रिक प्रणाली है। समिति के आप सब सदस्य सहमत तो हैं ना?"

साक्षात्कार समिति के सदस्य अध्यक्ष के जाने के बाद भी कमरे में 'हो, हाँ, हाँ, हो,' कहते हुए सिर हिला रहे थे।

अगले दिन अख़बारों में छोटी-सी ख़बर थी- 'दिल्ली से आजमगढ़ जाने वाली रेलगाड़ी के तृतीय श्रेणी के कंपार्टमेंट में एक अधेड़ उम्र के व्यक्ति का शव पाया गया है। चेहरा गोल, रंग गेहुआँ और आँखें छोटी हैं। हुलिये से यह व्यक्ति हिंदी का कोई लेखक लगता है। उसकी जाँच से पता चला है कि मृतक पिछले कई दिनों से भूखा था।'

जब यह सूचना अध्यक्ष जी को दी गई तो वे गंभीर हो गए। सुरती मलकर उन्होंने उसे निचले होंठों में दबाया, फिर कहा, "यह जानबूझकर गढ़ी गई ख़बर है। 'महापंडित राहुल सांकृत्यायन शोध-संस्थान' को बदनाम करना इसका उद्देश्य है। जबकि वास्तविकता

यह है कि राहुल जी का जन्म सन् 1893 में हुआ था। इस लिहाज से उनकी जन्मशती 1993 में होनी चाहिए। लेकिन 1993 में रेलगाड़ियों में तृतीय श्रेणी होती ही नहीं थी। इसलिए उसमें किसी के मरने का प्रश्न ही नहीं उठता।”

इतना कहकर अध्यक्ष हँसे। हो, हो, हो। आइए, हम सब भी हँसें। हो हो हो।

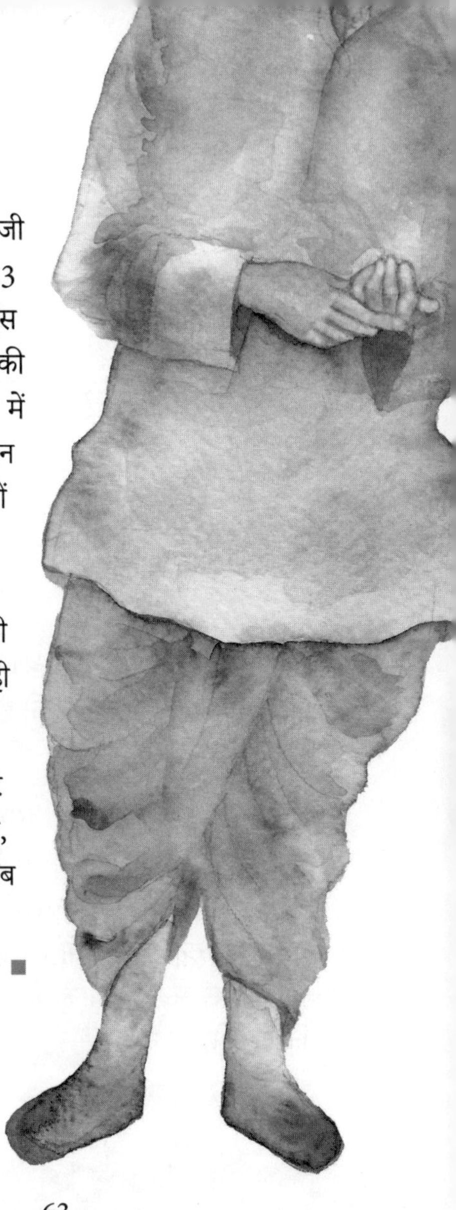

श्रीमान् भाववादी

श्रीमान् भाववादी यह मानते थे कि पदार्थ और चेतना में, चेतना ही महत्त्वपूर्ण होती है। चेतना प्रधान है, पदार्थ गौण।

वह कहते थे कि मेज़ या दरवाज़े की चौखट या कार बनाने की प्रक्रिया में बढ़ई या इंजीनियर के मस्तिष्क में पहले मेज़, दरवाज़े की चौखट या कार की अवधारणा जन्म लेती है। इसके बाद, उसी के आधार पर मेज़, दरवाज़े की चौखट या कार का निर्माण होता है।

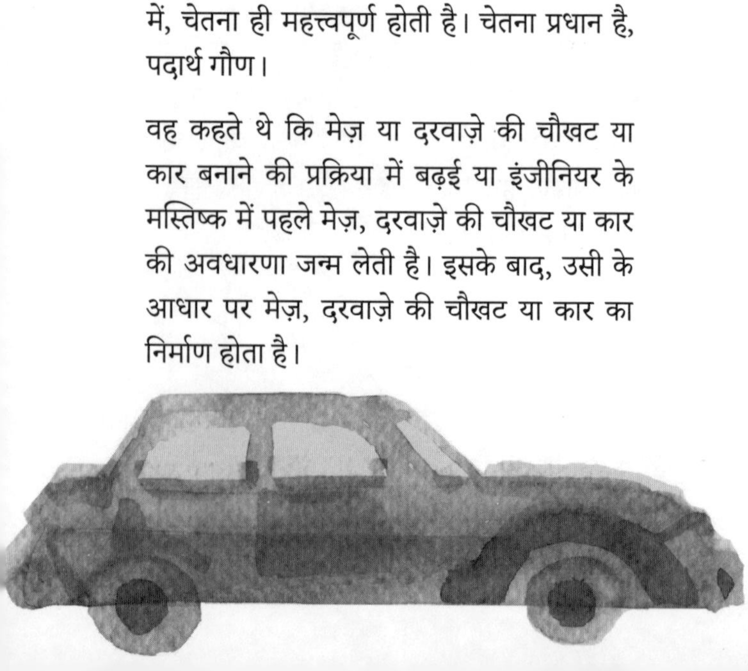

यानी अवधारणा पहले है, वस्तु बाद में। इसलिए कार से ज़्यादा महत्त्वपूर्ण कार की अवधारणा है। इसी का परिणाम था कि श्रीमान् भाववादी कार पर नहीं, ज़्यादातर कार की अवधारणा पर सवार रहा करते थे।

लेकिन वे अपने इस भाववादी दर्शन के प्रति वास्तव में सच्चे मन से ईमानदार थे। इसका प्रमाण यह है कि जब उनका सिर किसी चौखट से या घुटना किसी मेज़ से टकराता था, तो वे अपने माथे या घुटने को नहीं, मेज़ या चौखट को सहलाते हुए कहते थे-"आयम रियली वेरी सॉरी। आपको कहीं चोट तो नहीं आयी?"

लेकिन दुर्भाग्य से एक बार दिल्ली की सड़क पर वे अस्सी कि.मी. प्रति घण्टे की रफ्तार से दौड़ती ब्लू लाइन बस से टकरा गये।

इसके पहले कि वे ब्लू लाइन बस से यह पूछें कि, "बहन जी, आपको कहीं ठोकर तो नहीं लगी?" उनकी चेतना पदार्थ में बदल चुकी थी।

■

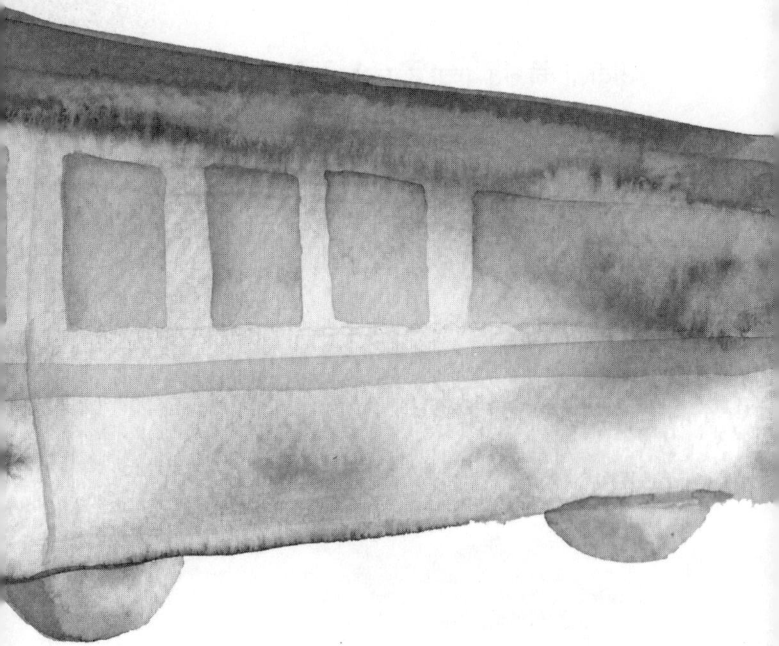

पूँछ में पटाख़ा

दीवाली की रात बच्चों ने एक कुत्ते की पूँछ में पटाख़ों की एक लड़ी बाँध दी और उसकी बत्ती को आग छुआ दी।

धाँ.... धाँय, धूम-धड़ाक... पटाख़े फूटने लगे। कुत्ता भागा बेतहाशा, लेकिन पटाख़े तो पूँछ के साथ नत्थी थे।

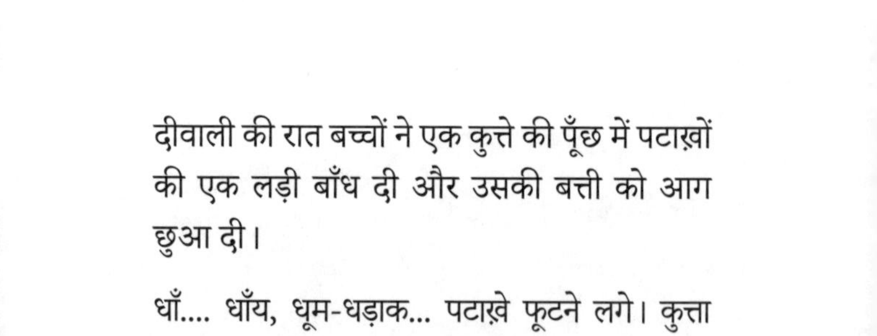

पटाख़े फूटते रहे और कुत्ता होशोहवास खोकर, चीखता-भौंकता, बिना दाएँ-बाएँ, ऊपर-नीचे देखे और चीज़ों और लोगों से टकराता, गिरता-पड़ता, बदहवास भागता रहा।

कुत्ता एक साँस भी पूरी न ले पाता कि अचानक... 'धाँय-धड़ाम', एक और पटाख़ा फूटता।

कुत्ते का यह हाल देखकर बच्चों के साथ विनायक दत्तात्रेय भी हँसे। हँसते हुए उन्होंने कहा, "बिल्कुल, हू-ब-हू, एकदम वैसा ही दिखता है ये कुत्ता।"

"कैसा अंकल?" बच्चों ने उनसे पूछा।

"दिल्ली के मध्यवर्ग जैसा। टिपिकल मिडिल क्लास।" विनायक दत्तात्रेय ने जवाब दिया और वे भी काम के लिए इस तरह भागे जैसे उनकी पूँछ में पटाख़ों की कोई लड़ी लगी हो, जिसकी बत्ती को आग छुआ दी गयी हो।

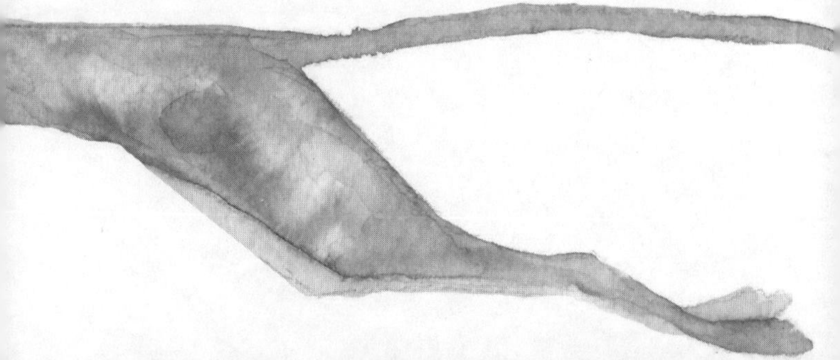

सिर

सभागार भरा हुआ था। अकादेमी के सचिव का भाषण था। भाषण शुरू हो चुका था। भाषण का

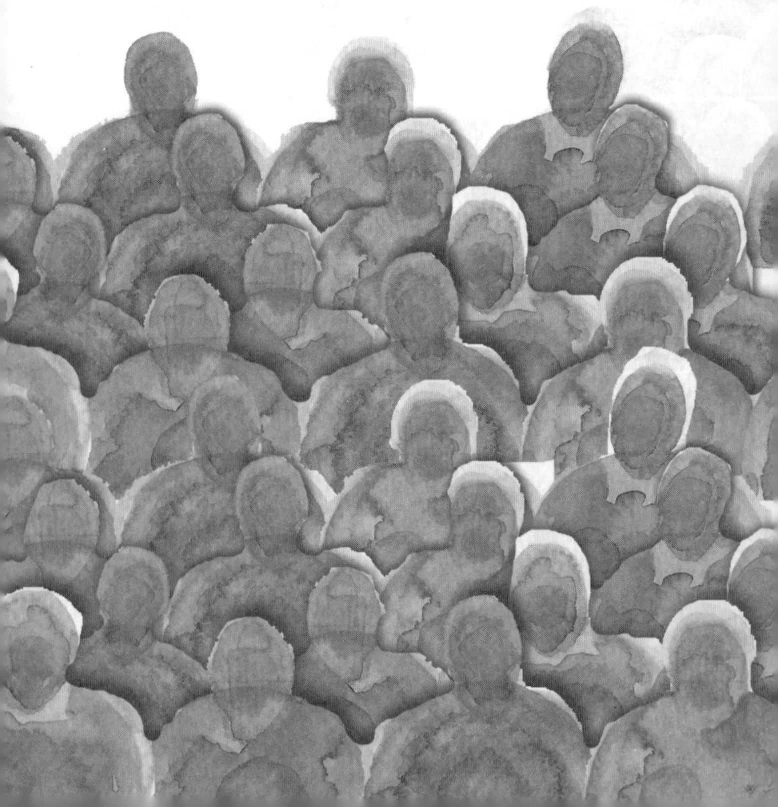

विषय और उसका स्तर अकादेमी तथा सचिव के अनुरूप था। इसीलिए किसी की रुचि उस भाषण में नहीं थी। सब उसके समाप्त होने की प्रतीक्षा कर रहे थे।

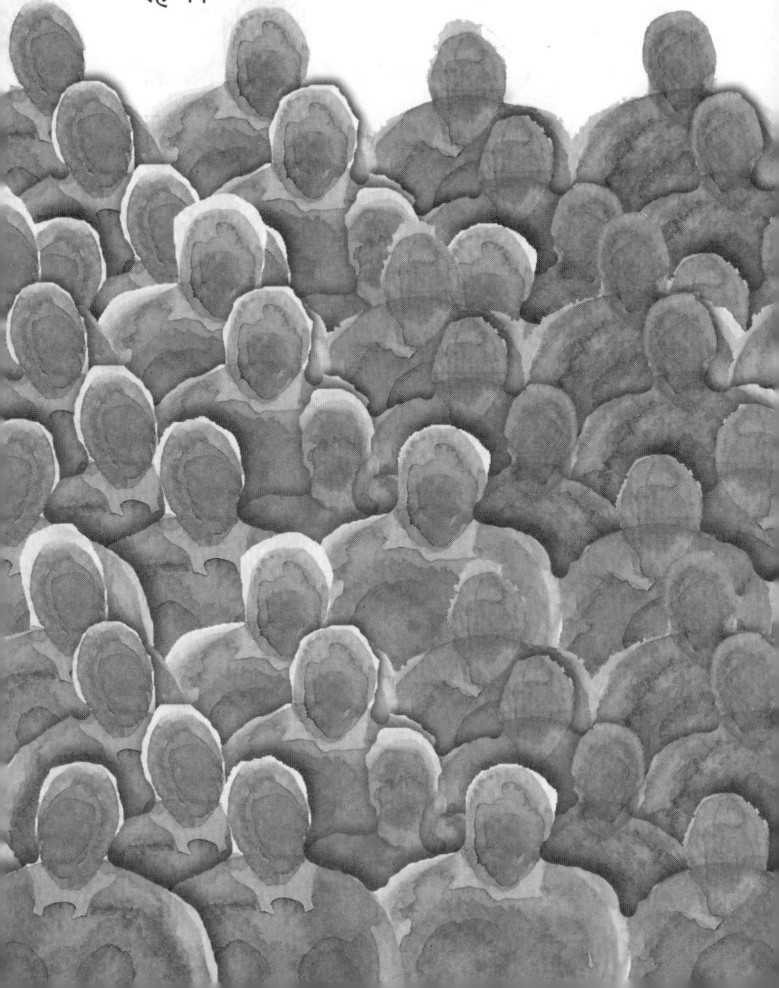

लेकिन अगली पंक्ति में एक सिर सचिव के हर वक्तव्य, हर वाक्य और हर मौन पर हिलता था। सचिव बोल रहा था और सिर हिल रहा था। दोनों में- यानी सचिव और उस सिर के बीच गहरा तालमेल था। एक युगल संगीत। संगत।

थोड़ी देर में सभागार में बैठे हर व्यक्ति ने इसे जान लिया। सब सिर्फ़ उस सिर को देख रहे थे। वह एक लय और क्रम में हिलता था। धीरे-धीरे लोग भूल गए कि उस भाषण का विषय क्या था। वे यह भी भूल गए कि वहाँ कोई भाषण चल रहा था। मंच पर सिर्फ़ तबला बजता सुनाई देता था और अगली पंक्ति में एक सिर लगातार हिलता जाता था। शेष सब कुछ धुंधला हो गया था।

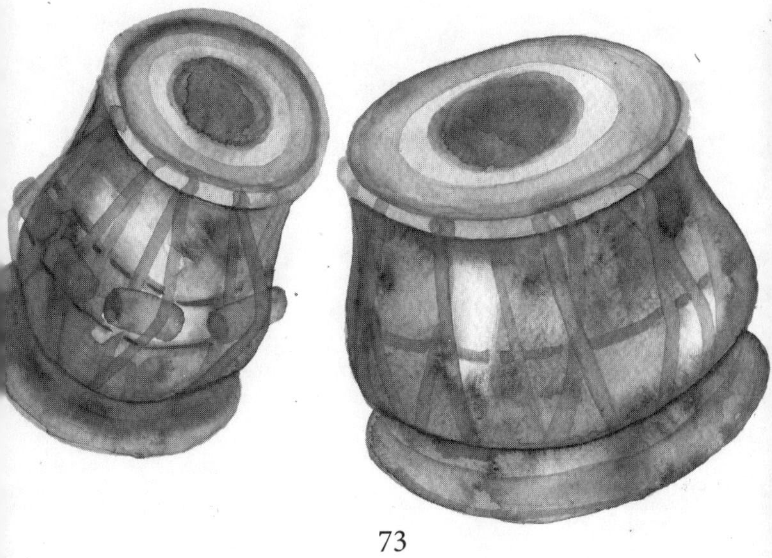

नेलकटर

सावन में घास और वनस्पतियों के हरे रंग में हल्का अँधेरा-सा घुला होता है। हवा भारी होती है और तरल। वर्षा के रवे पत्तों में तैरते हैं। मैं नौ साल का था।

इसी महीने राखी बंधती है। कजलैयाँ होती है। नागपंचमी में गोबर की सात बहनें बनायी जाती हैं। धान की लाई और दूध दोने में भरकर हम साँपों की बाँबियाँ खोजते फिरते हैं।

हरियरी अमावस भी इसी महीने होती है। मैं बाँस की ख़ूब ऊँची जेंड़ी बनाकर उस पर चढ़कर दौड़ता था। मेरी ऊँचाई कम-से-कम बारह फुट की हो जाती होगी।

माँ दक्षिण की ओर के कमरे में

रहती थीं। बम्बई के टाटा मेमोरियल अस्पताल से उन्हें ले आया गया था। सिर्फ़ अनार का रस पीती थीं। वे बोलने के लिए अपने गले में डॉक्टरों द्वारा बनाये गये छेद में उँगली रख लेती थीं। वहाँ एक ट्यूब लगी थी। उसी ट्यूब से वे साँस लेती थीं। बहुत बारीक, ठण्डी और कमज़ोर आवाज़ होती थी वह। कुछ-कुछ यन्त्रों जैसी आवाज़। जैसे बहुत धीमे वॉल्यूम में कोई रेडियो तब बोलता है, जब बाहर ख़ूब ज़ोरों की बारिश हो रही हो और बिजलियाँ पैदा हो रही हों या तब, जब सुई किन्हीं बहुत दूर के दो स्टेशनों के बीच कहीं अटक गयी हो।

माँ को बोलने में दर्द बहुत होता होगा। इसलिए कम ही बोलती थीं। उस यन्त्र जैसी आवाज़ में हम माँ की पुरानी अपनी आवाज़ खोजने की कोशिश करते। कभी-कभी उस असली और माँ जैसी आवाज़ का कोई एक अंश हमें सुनाई पड़ जाता। तब माँ हमें मिलती, जो हमारी छोटी-सी स्मृति में होती थी।

लेकिन माँ सुनना सब कुछ चाहती थीं। सब कुछ। हम बोलते, लड़ते, चिल्लाते या किसी को पुकारते तो व्याकुलता से वे सुनतीं। हमारे शब्द उन्हें राहत देते होंगे।

उनकी सिर्फ आँखें बची थीं, जिन्हें देखकर मुझे उम्मीद बंधती थी कि माँ कहीं जायेंगी नहीं। मेरे पूरे जीवन भर रही आयेंगी। मैं हमेशा के लिए उनकी उपस्थिति चाहता था। चाहे वे चित्र की तरह या मूर्ति की तरह ही रही आयें। और न बोलें।

लेकिन उनके जीवित होने का विश्वास भी रहा आयें, जैसा कि चित्रों के साथ नहीं होता।

मैं कभी-कभी बहुत डर जाता था और रोता था। अपने जीवन में अचानक मुझे कोई एक बहुत ख़ाली बिल्कुल ख़ाली जगह दिख जाती थी। यह बहुत डरावना होता था। उस दिन माँ ने मुझे बुलाया। बाहर

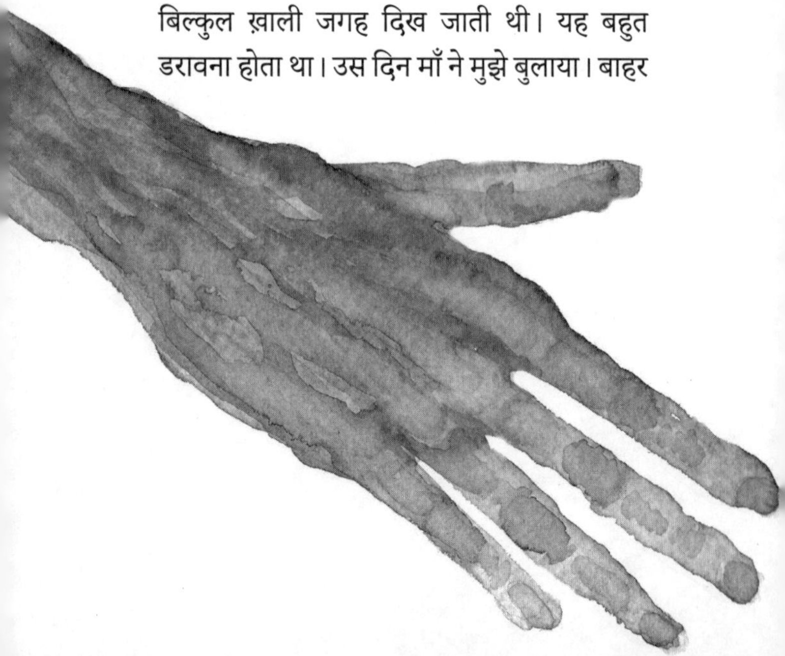

मैदान में घास का रंग गहरा हरा था। बादल बहुत थे और हवा में भार था। वह भीगी हुई थीं।

माँ ने अपनी हथेली मेरे सामने फैला दी। दाएँ हाथ की सबसे छोटी उँगली की बगल वाली उँगली का नाख़ून एक जगह से उखड़ गया था। उससे उन्हें बेचैनी होती रही होगी। इस उँगली को सूर्य की उँगली कहते हैं।

मैं समझ गया और नेलकटर लाकर माँ के पलंग के नीचे फ़र्श पर बैठ गया। नेलकटर में लगी रेती से मुझे उनकी उँगली का नाख़ून घिसकर बराबर करना था। माँ यही चाहती थीं। वह नेलकटर पिताजी इलाहाबाद से लाये थे, कुम्भ के मेले से लौटने पर, दो

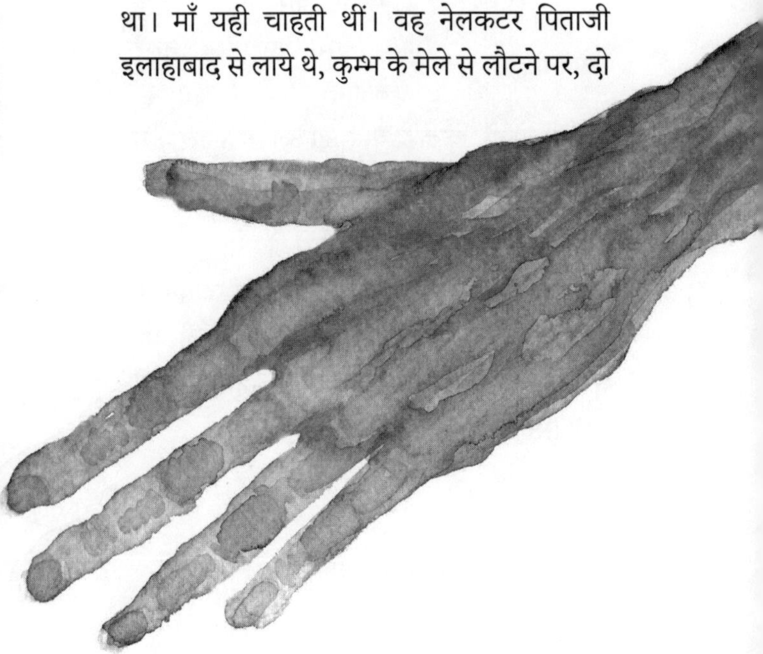

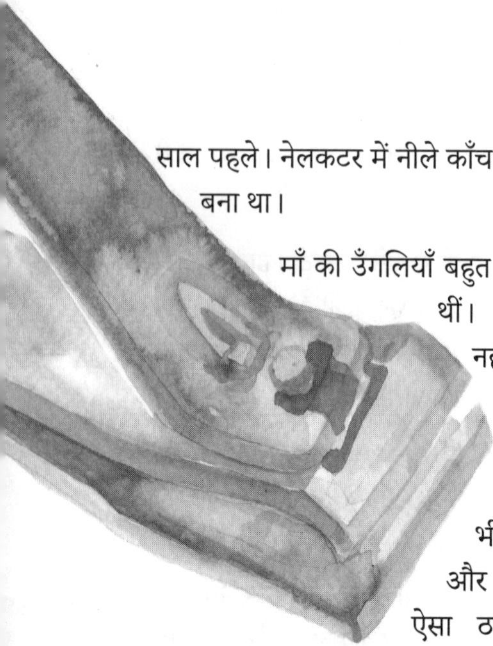

साल पहले। नेलकटर में नीले काँच का एक सितार बना था।

माँ की उँगलियाँ बहुत पतली हो गयी थीं। उनमें रक्त नहीं था। पीली-सी त्वचा। पतंगी काग़ज़ जैसी। पीली भी नहीं, ज़र्द। और बेहद ठण्डी। ऐसा ठण्डापन दूसरी बेजान चीज़ों में होता है। कुर्सियों, मेज़ों, किवाड़ों या साइकिल के हैंडिल जैसा ठण्डापन।

और हाथ उनका इतना हल्का कैसे हो गया था? कहाँ चला गया सारा वज़न? वह भार शायद जीवन का होता है, जिसे पृथ्वी अपने चुम्बक से अपनी ओर खींचा करती है। जो अब माँ के पास बहुत कम बचा था। पृथ्वी उन्हें खींचना छोड़ रही थी।

मैंने उनकी हथेली थाम रखी थी और नाख़ून को रेती से धीरे-धीरे घिस रहा था। मैं उनके नाख़ून को बहुत सुन्दर, ताजा और चिकना बना डालना चाहता था।

मैं एक बार हँसा। फिर मुस्कुराता ही रहा। माँ को ढाढ़स बंधाने और उन्हें ख़ुश करने का यह मेरा तरीक़ा था। मैंने देखा, माँ को नाख़ून का हल्का-हल्का रेती से घिसा जाना बहुत अच्छा लग रहा है। उनके चेहरे पर एक सुख था, जो एक जगह नहीं, बल्कि पूरे शरीर की शान्ति में फैला हुआ था। उन्होंने आँखें मूँद रखी थीं।

एक घण्टा लगा। मैंने उनकी एक उँगली ही नहीं, सारी उँगलियों के नाख़ून ख़ूब अच्छे कर दिये। माँ ने अपनी उँगलियाँ देखीं। यह कितना कमज़ोर और हार का क्षण होता है, जब नाख़ून जीवन का विश्वास देते हैं। कितने सुन्दर और चिकने नाख़ून हो गये थे।

माँ ने मेरे बालों को छुआ। वे कुछ बोलना चाहती थीं, लेकिन मैंने रोक दिया। वे बोलतीं तो पूछतीं कि मैं सिर से क्यों नहीं नहाता? बालों में साबुन क्यों नहीं लगाता? इतनी धूल क्यों है? और कंघी क्यों नहीं कर रखी है?

रात में ठण्ड थी। बाहर पानी ज़ोरों से गिर रहा था। सावन में रात की बारिश की अपनी एक गम्भीर आवाज़ होती है। कुछ-कुछ उस तरह, जैसे दुनिया की सारी हवाएँ किसी बड़े से घड़े के अन्दर घूमने लग गयी हों। हर तरफ़ से बन्द।

सुबह पाँच बजे आँगन में पाँच औरतें रो रही थीं। यह रोना नहीं था, विलाप था। पता चला माँ रात में नींद में ही खत्म हो गयीं।

माँ ख़त्म हो गयीं।

मैंने फिर कभी उनके घिसे हुए नाख़ून नहीं देखे। मैंने उस रात सोने से पहले अपने तकिये के नीचे वह नेलकटर रख दिया था। उसे मैंने बहुत खोजा, बल्कि आज तक। कई वर्षों बाद भी, लेकिन वह कभी नहीं मिला। वह पता नहीं कहाँ खो गया था।

हो सकता है वह किसी बहुत ही आसान-सी जगह पर रखा हुआ हो और सिर्फ़ मेरे भूल जाने के कारण वह मिल नहीं पा रहा हो। मैं अक्सर उसे खोजने लगता हूँ।

क्योंकि चीज़ें कभी खोती नहीं हैं, वे तो रहती ही हैं। अपने पूरे अस्तित्व और वज़न के साथ। सिर्फ़ हम उनकी वह जगह भूल जाते हैं।

■

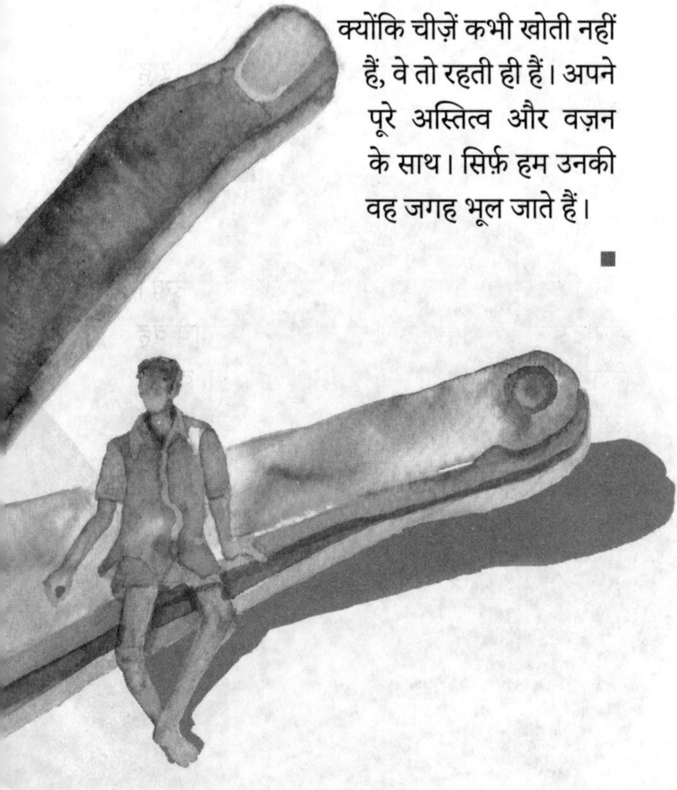

दोपहर

खरबूजे दोपहर में मँगाए जाते थे। बाज़ार से उन्हें लाना पड़ता। उस मौसम में जब भी मैं कभी बाज़ार जाता, वहाँ मुझे सबसे ज्यादा खरबूजों की गंध महसूस होती। हालाँकि यहाँ की हवा में घोड़ों, हींग और दूसरे मसालों की भी गंध होती थी, धूल और नए सूती कपड़ों में लगे अरारोट की भी। लेकिन गर्मियों के उन महीनों में पूरी दोपहर वहाँ सबसे तेज़महक खरबूजों की होती।

लगता जैसे पूरा बाज़ार किसी बहुत बड़े खरबूजे के भीतर लगा हुआ है और हम सब उसके भीतर

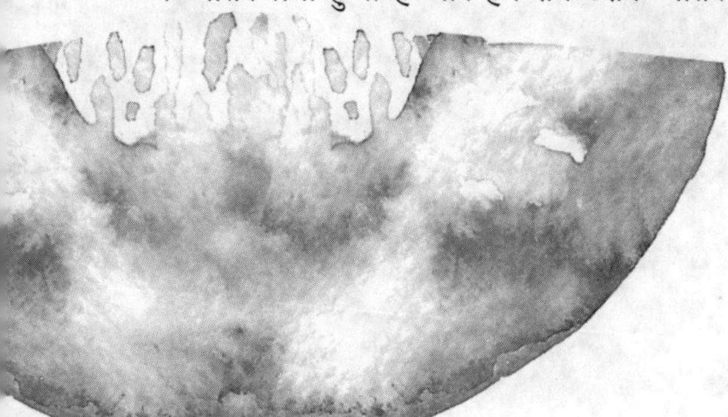

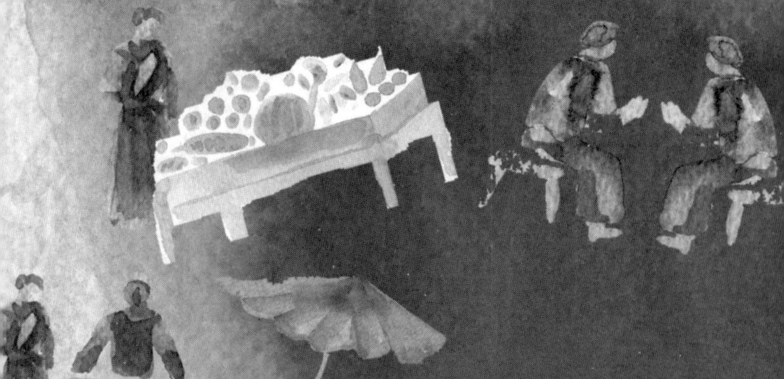

की हवा में, उसके भीतर की सड़क पर चल-फिर रहे हैं।

वहाँ फ्रूट, ककड़ी, खीरे, तरबूज, कुल्फ़ी, फ़लूदा और दूसरी चीजें भी मिलतीं। फालसे मिलते जो बहन को बहुत पसंद आते। लेकिन यह सच है कि जैसे ही मैं घर से निकलकर बाज़ार की सरहद तक पहुँचता, दुकानों के बोर्ड दिखाई देने शुरू होते, भीड़ नज़र आने लगती धीरे-धीरे 'वह' गंध मुझ पर छाने लगती। मेरी आँखें सारे रंग, सारी चहल-पहल, सारी गतिविधियाँ देखतीं, कानों में बहुत सारे अपरिचित लोगों के एकसाथ बोलने की अमूर्त

आवाज़ किसी मंत्र की तरह लगातार सुनाई पड़ती। कभी-कभी किसी रेहड़ी वाले की पुकार, किसी रिक्शे की घंटी, कभी कोई हॉर्न जैसी आवाज़ भी।

बाज़ार में गतियों और ध्वनियों की बहुत सघन लेकिन अजीब ढंग से एक परायी और अजनबी उपस्थिति होती थी। जितनी चीज़ें वहाँ दिखतीं, ये किसी की नहीं होती थीं। जितनी आवाज़ें वहाँ सुनाई देतीं, वे किसी को संबोधित नहीं थीं। वहाँ चलते हुए जितने लोगों के शरीर आपस में टकराते, वे एक-दूसरे के लिए बिल्कुल अपरिचित होते। आश्चर्य होता कि एक साथ इतने सारे उपस्थित लोगों के बीच कोई भी संबंध नहीं है। वे सब अपनी वजह से नहीं, किसी और चीज़ के लिए वहाँ आए हैं। वहाँ लोगों के झुंड-के-झुंड, जिसमें औरतें, बच्चे, बूढ़े, सजी-धजी लड़कियाँ, हिजड़े, कोढ़ी

और भिखारी सभी होते, सब अपनी-अपनी चीज़ों को खोजते। पा जाने पर उनकी आँखों में संतुष्टि की एक ख़ास चमक पैदा होती, फिर वे कुछ खाने-पीने की चीजें लेते और वहाँ से लौट जाते। एक-दूसरे के प्रति वे बिल्कुल तटस्थ और निस्संग होते।

लेकिन इतना सब होने के बावजूद मेरी चेतना में जो चीज़ सबसे ज़्यादा व्याप्त होती, वह खरबूजों की महक ही थी। मेरी इंद्रियाँ एक क्षण के लिए भी यह न भूल पातीं कि बाज़ार में कहीं भी खरबूजे नहीं हैं। वे मुझे कहीं दिखाई न भी देते, तब भी मैं जानता कि वे वहाँ हैं। अदृश्य होने के बावजूद सबसे ज़्यादा मुझे उन्हीं की उपस्थिति महसूस होती।

कहते हैं, खरबूजे पहले हमारे देश में नहीं होते थे। उन्हें एक हज़ार से भी कुछ ज़्यादा साल पहले मुसलमान अपने साथ फारस, अरब या मध्य एशिया जैसे किन्हीं इलाकों से लेकर आए थे। मैंने कहीं यह भी पढ़ा था कि यमुना के तट पर जब पहली बार समरकंदी खरबूजे पके थे, तो बाबर ख़ुशी के मारे नाचने लगा था। मेरे लिए अब यह कल्पना ही असंभव है कि जब खरबूजे नहीं रहे होंगे तो गर्मियों की दोपहर में बाज़ार कैसा होता होगा। क्या सिर्फ़ घोड़ों, हींग, मसालों और तमाम लोगों के शरीर से उठने वाली गंध से कोई बाज़ार संभव हो सकता है?

यह तय है कि अब बाज़ार से खरबूजों की गंध को कभी नहीं निकाला जा सकता। वे अगर वहाँ न भी होंगे तब भी उनकी उपस्थिति को जाना जा सकेगा। जहाँ तक मेरा सवाल है, गर्मियों की दोपहर या बाज़ार, इन दोनों की स्मृति में जाने के रास्ते में मुझे सबसे पहले खरबूजे की गंध से ही हमेशा गुज़रना पड़ता है।

एक बार तो हमारे घर में लगभग शाम को खरबूजा लाया गया। वे दिन भी गर्मियों के नहीं थे। शायद

किसी के खेत में कोई बारहमासी या बेमौसम उगने वाला खरबूजा पैदा हो गया था, जिसे वह हमारे घर भी पहुँचा गया था।

हम सब आँगन में थे। बड़ा-सा आँगन था, चारों ओर बरामदों और कमरों से घिरा हुआ। हम सब उसके काटे जाने के इंतजार में थे। एक बड़ी-सी काँसे की परात थी, जिसके बीच वह रखा हुआ था।

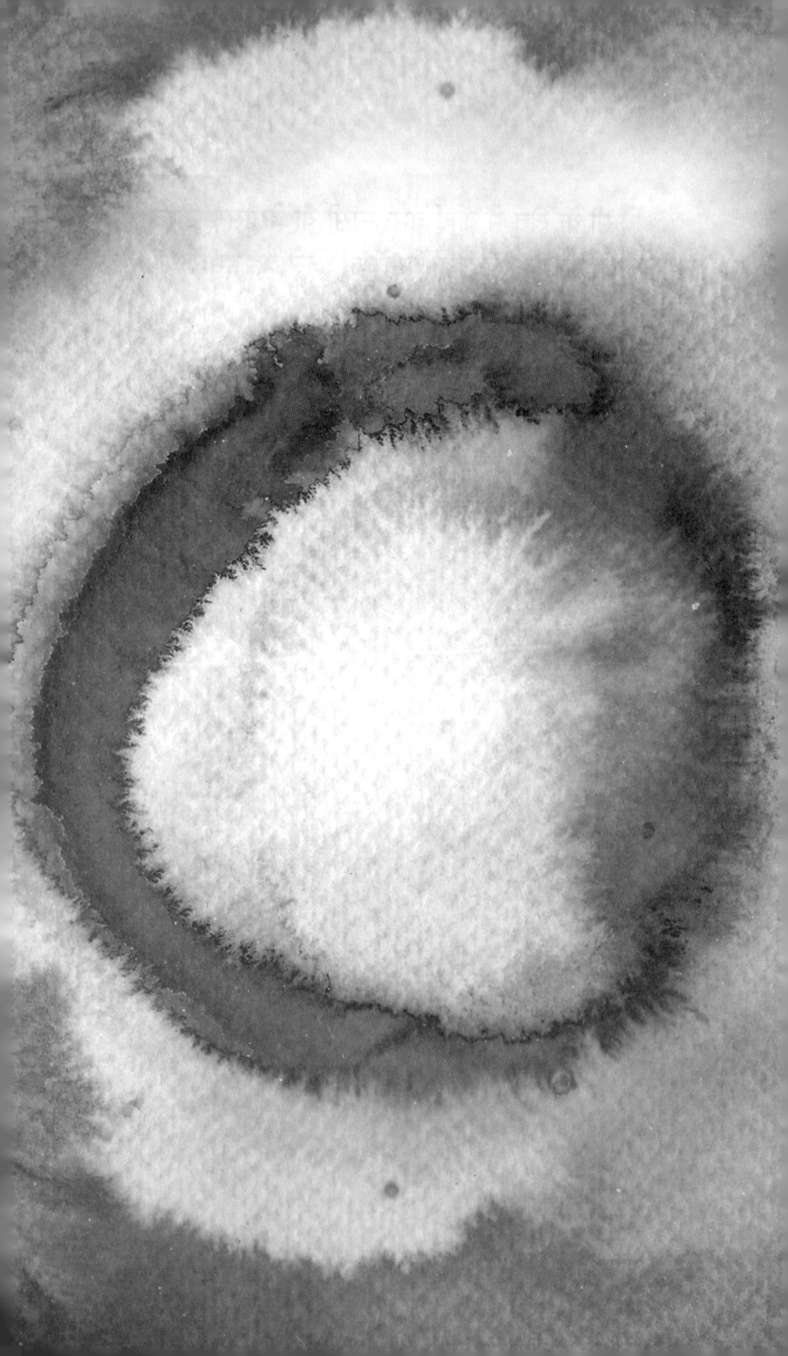

मैं शायद सबसे दूर और अलग बैठा था, जैसा कि हमेशा से मेरा स्वभाव था। बाक़ी सब लोग खरबूजे के बिल्कुल क़रीब थे, परात को चारों ओर से घेरे हुए। मैंने शुरू से यह देखा है, और ऐसा हमेशा हुआ है, कि मेरे अलावा बाक़ी सारे लोग घटनाओं के बिल्कुल क़रीब होते हैं। बिल्कुल निकट। कई-कई बार तो बिल्कुल बीच में। लेकिन शायद इसीलिए वे कुछ ऐसे अनुभवों से वंचित रह जाते हैं, जिन्हें अक्सर मैं पा लेता हूँ।

शाम थी। आकाश धीरे-धीरे काला पड़ता जा रहा था। परछाइयाँ ग़ायब हो चुकी थीं। बल्कि हम सब अब परछाई के ही भीतर थे। इसी समय के आसपास उसे काटा गया। मैं चूँकि सबसे दूर था, अलग था और सब आकाश की परछाईं के नीचे थे, इसलिए मैं कुछ ठीक-ठीक देख नहीं पा रहा था। वैसे भी जो कुछ यहाँ से मैं देख सकता था, यह सबकी पीठ ही थी।

अचानक मुझे लगने लगा जैसे यह गर्मियों की दोपहर है। बाहर कहीं भी (हालाँकि हम सब आँगन में ही थे), कहीं-न-कहीं तेज धूप ज़रूर होगी। फिर मुझे

वहाँ वैसी ही ध्वनियाँ सुनाई देने लगीं जैसी बाज़ार में होती हैं। कोई रेहड़ी वाला पुकार रहा था। रिक्शों की घंटियों सुनाई पड़ीं। वहाँ कहीं घोड़े भी होंगे। ताँगे भी। निश्चित ही मैं बाज़ार के आसपास था और यह गर्मियों की दोपहर थी।

जब मुझे बहन ने दौड़कर खरबूजे की एक फाँक लाकर दी तब तक मैं यह जान चुका था कि दोपहर वास्तव में खरबूजे के भीतर ही होती है। और उसे कभी भी पाया जा सकता है। यहाँ तक कि रात में भी।

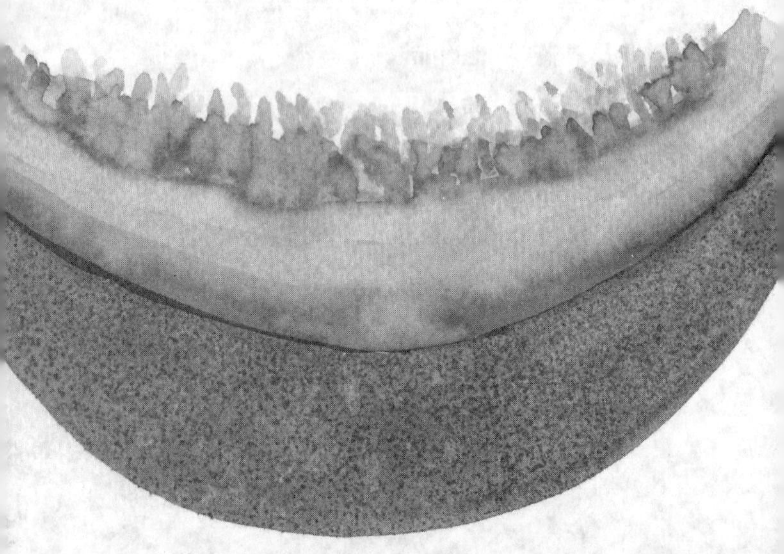